旅伴文库·小说精品城际阅读

聂震宁 / 总主编
贺绍俊 / 主编

营救麦克黄

石一枫——著

漓江出版社
·桂林·

图书在版编目 (CIP) 数据

营救麦克黄 / 石一枫著 . -- 桂林 : 漓江出版社,
2022.1(2022.2 重印)
(旅伴文库 : 小说精品城际阅读)
ISBN 978-7-5407-9004-2

Ⅰ . ①营… Ⅱ . ①石… Ⅲ . ①中篇小说—中国—当代
Ⅳ . ① I247.5

中国版本图书馆 CIP 数据核字(2021)第 010644 号

YINGJIU MAIKEHUANG

营救麦克黄

石一枫　著

出版人:刘迪才
丛书策划:张谦
责任编辑:王坤
书籍设计:石绍康
责任监印:张璐

出版发行:漓江出版社有限公司
社址:广西桂林市南环路 22 号　邮编:541002
发行电话:010-65699511　0773-2583322
传真:010-85891290　0773-2582200
邮购热线:0773-2582200
电子信箱:ljcbs@163.com
微信公众号:lijiangpress
印制:朗翔印刷(天津)有限公司
[天津市宁河区潘庄工业区六经路南侧　天津市鹏赢工贸有限公司院内 5 号厂房　邮编:301508]
开本:880 mm × 1230 mm　1/32
印张:5　字数:58 千字
版次:2022 年 1 月第 1 版　印次:2022 年 2 月第 2 次印刷
书号:ISBN 978-7-5407-9004-2
定价:39.80 元

总 序

聂震宁

《旅伴文库》乃应时而生的出版项目。当今之世，既是提倡全民阅读之时，又是全民旅行已成热潮之际，正应了古人“读万卷书，行万里路”的人生信条。究其实，现代交通工具大大方便了百姓的出行，旅行几乎成了普通民众的一种生活常态，“行万里路”已成简单的事情；而全民阅读则还在国家、社会的提倡中，普通人真正要“读万卷书”，似乎还比较困难。然而，唯其难，故而需要多方设法推动，长期用心提倡。漓江出版社策划设计这一文库，既顺应了现代人出行的需要，更是为全民阅读助力，颇具趁旅行热潮助推全民阅读，借全民阅读提升旅行质量的匠心。

相比较已经形成热潮的旅行，全民阅读似乎还不够热。尽管国家为倡导全民阅读加大力度，各级政府为开展全民阅读提供政策支持，每年“世界读书日”各地开展活动有声有色，“书香中国”活动在全国范围风生水起，家庭阅读、校园阅读、社区阅读、机关阅读渐次开展，有识之士一直在呼吁让阅读成为一种生活方式，然而，平心而论，许多主要是在外力推动下开展起来的阅读，距离“让阅读成为一种生活方式”愿望的实现，还有长路要走。

如何才能让这一愿望成为现实呢？我们以为，让阅读与日常生活相伴或许是努力的主要途径。全民旅行热潮形成，旅行已经成为普通百姓的一种生活方式，提倡在旅途中阅读也就是比较自然的事情。国际上曾有过“中国人不爱读书”的负面评价，评价者所举证的，正是旅行途中许多发达国家人士在读书，而许多中国人并不读书，颇使得许多极具荣誉感和自尊心的国人心中不爽。其实，要改变这一国际负面印象并不困难，最直接的办法就是让更多国人在旅行途中读起书来。当然，在旅行途中读书并非为了做样子给国际人士观赏，挣回一点面子，而是全民阅读之树必然开出的日常生活之花。《旅伴文库》正是为了催生这美丽的花朵而做出的努力。《旅伴文库》的出版宗旨“人生漫旅，好书伴你”，就是出版人真诚而温馨的承诺。

事实上，开展在旅行途中的阅读，对于提高我国旅游事业的质量也是大有裨益的。对于国人的旅行，一直都有些负面的评价，认为其盲目、简单、粗糙，缺少文化内涵和审美情趣，还有就是不读书。这些负面评价已经成为国民素质不高的重要证据。知书达理或知书达礼，不爱读书的民族谈何文化内涵和审美情趣！于是，近些年来，就有许多关于改善旅行生活、提高旅行质量的意见提出，其中有一条意见颇具感染力，那就是“带一本书去旅行”。

“带一本书去旅行”，其直接的用意是让人们在旅行途中闲暇时刻不至于无所事事。古人主张“第一等好事还是读书”，那么，人在无所事事时，第一等好事更应当是读书了。人在旅途中，休闲时也要保持着优雅的生活姿态，而阅读正是一个人最优雅的生活姿态。旅行是一个发现美、欣赏美的过程。“带一本书去旅行”，既可以读书明理，也可以直接帮助我们丰富旅行知识，探寻美的存在，增加旅行的深度和厚度。旅行即意味着暂时摆脱日常世俗生活的纷扰，暂时忘却生活中某些庸俗无聊的烦恼，所谓“偷得浮生半日闲”，让身心得到休养，那么，“带一本书去旅行”，可以借一本好书帮助我们超凡脱俗，让一本好书高雅的气质陪伴我们的灵魂，让一次次旅行成为与一本本好书相伴随的精神之旅。

应时而生的《旅伴文库》，其用意就是倡导“带一本书去旅行”，让精品图书成为旅行者的精神伴侣。在全民旅行热潮扑面而来的同时，也要让全民阅读热潮相伴而去，让“读万卷书，行万里路”的理想成为现实。

为了旅途阅读而设计的《旅伴文库》，自然要更多顾及旅行阅读的特点。旅行阅读当然是各有所好，专门为旅行者出版的图书，则要更多体现旅行者阅读的便捷、休闲、审美、精粹等需求的特点。《旅伴文库》的各个子系列设计得很具匠心。其中，“散文精品城际阅读”系列，一辑只选7位作家，颇有“七剑下天山”的气概；每人每本不过十来万字，极大突出了精选的精神，再配上雅致便携小开本软精装，精编精印，想必能吸引读者眼球而令人想要一睹为快。“漓江的书，买了再说”，是20多年前本人在漓江出版社社长任上为该社拟定的广告语，出版人的自信自许，竟然在这个系列的设计中重新得以体会。

《旅伴文库》已经出版“散文精品城际阅读”两辑共14种，每辑各有7人7种。第一辑有刘亮程的《半路上的库车》、朱秀海的《一个人的车站》、王剑冰的《水墨周庄》、徐则臣的《去额尔古纳的几种方式》、陈彤的《玻璃栈道》、阿德的《北行记》和董谦的《种稻记》；第二辑有彭程的《头脑中的旅行》、乔叶的《一杯白茶》、陆春祥的《霓裳的种子》、顾建平的《冬天我到南方》、谷禾的《黑棉花，白棉花》、陈世旭的《俗可以，别太俗》和王可越的《万物与我》。入选的每一位作家都以实力呈现，努力奉献自己卓具新意的作品。在邀约散文名家加盟过程中，散文专辑的主编、著名散文家王剑冰先生主张作品质量优先，要求新人新作质量必须上乘是自不待言，而名作家必须以力作入选则体现态度的严肃，因而，14 人 14 本小书实在称得上是精选精编而成，阵容齐整。自图书面世以来已经引起许多读者的兴趣，良好的市场效应和文学出版业内的好评，使得出版社信心倍增。

漓江出版社乘胜前行，《旅伴文库》又有“小说精品城际阅读”第一辑即将面世。第一辑的主编是贺绍俊先生。他曾经担任《小说选刊》杂志社主编，不但是著名的选家，还是著名文学评论家，其代表作就有《铁凝评传》等。贺绍俊先生邀约了7位堪称实力派的小说家加盟。7位作家四女三男，风格各不相同，放到一起来读，令我们竟有斑斓之感。

正由于眼前的小说家们让我们有了斑斓之感，我觉得有必要给读者们一一介绍。

女作家中有程青。这位曾被论者称赞为“创作稳定、持久、优质，具有一个作家天生应该具有的素质”的女作家，用曾经获得老舍文学奖的小说名作《十周岁》加盟。《十周岁》是一部杰作。作品把20世纪70年代的民间生活描摹得精细入微、有声有色，人物刻画得栩栩如生，令人不由得会惊叹作者透彻的生活观察力和出色的想象能力。

女作家中还有薛燕平。她在20世纪90年代的中国小说界展露风姿，也曾经获得过老舍文学奖，现旅居匈牙利。她的《曾经》一书收入的《曾经》《蓝》两篇名作，饶有兴味地讲述北京城普通百姓平淡自然有趣而时有情感波澜的日常生活。有论者指出："薛燕平在北京胡同长大，这里成了她的文学福地。她在这里开掘了一口深井，她的小说资源几乎都出自这口深井。"

第三位女作家则是陶丽群。有论者认为陶丽群的小说"有梦的质地，惯于以最安静最平淡的方式暗示出一个人内心深处至为隐秘的关切"。我觉得她总是写得很细腻。她曾经获得过《民族文学》的年度优秀作品奖。她这次以《寻暖》一书加盟，书中收入了她颇具可读性的《寻暖》《白》两部佳作。前者讲述了一位被拐妇女悲凉无奈的一生，后者写单亲母亲把患有白化病的女儿托付给一位终身未婚的老太太的故事。作品尽管都在书写人的悲苦，可并不让人感到绝望，反而能激起读者内心良善的愿望。

第四位女作家是曾经获得鲁迅文学奖的叶弥。她的《成长如蜕》一书包括了《成长如蜕》《消失在布达拉宫的一头鹰》两部奇作。那么，何以称它们为奇作？首先是因为《成长如蜕》是她创作的第一篇小说，第一篇小说就引来许多喝彩，有论者认为她“灵感有如天赐，妙笔宛若天成”；而《消失在布达拉宫的一头鹰》，书名即令人惊奇，加上作家以平静而简练的笔法，描述了一个简单而情节富有张力的故事，并放射出不同寻常的光芒，故而我称之为奇作。

这里的男作家有夏商、弋舟、石一枫。虽然加盟作家男少女多，却丝毫不意味着阴盛阳衰。三位男性作家的作品阳刚之气十足，足以体现实力派作家的劲道。

夏商就是那位曾经在1999年策划“后先锋文学”活动，组织20多位后先锋作家发表小说和文论，造成20世纪末重要文学现象的颇具冲击力的作家。他曾有小说入选美国杜克大学《中国当代短篇小说高级读本》。这次入选的《初恋两种》由《我的姐妹情人》《恨过》两部小说构成。这位提倡后先锋文学的作家，将用内涵丰富的两种初恋来叩击读者的心灵。

曾经获得过鲁迅文学奖的弋舟以《李选的踟蹰》一书加盟。书中收入了《李选的踟蹰》《空调上的婴儿》两部小说，前者描写人际间的情感纠葛，后者讲述一位丧子母亲的永久伤痛，敏感而深致。这位还获得过《小说选刊》《小说月报》等重要刊物优秀作品奖的作家，正如有论者指出“始终保持着优雅的姿态”那样，即便讲述伤痛，也能给我们哲理和美学的暗示。

同样获得过鲁迅文学奖和《小说选刊》《小说月报》等重要刊物奖励的作家石一枫，他为读者带来的是中篇小说《营救麦克黄》，这部作品入选2016“《收获》文学排行榜”中篇小说排行榜。有论者指出石一枫“有一双捕捉时代人物的鹰眼”，他的小说往往从身边小人物切入，讲述属于这个时代中国人的命运，营救狗狗麦克黄的故事想必会让读者读来觉得生意盎然。

《旅伴文库》在“散文精品城际阅读”两辑之后重磅推出“小说精品城际阅读”第一辑，形成更大格局和不凡气象，相信这不仅会成为文学界、出版界各位同好的共识，也会成为众多文学读者的真切感受。更重要的是，当众多旅行者决心“带一本书去旅行”时，有了这些可爱而精致、精美的口袋书可供选择，可以从中找到温情相伴的旅途伴侣，成为一次快乐旅行的美好开始，自然是一件令人愉悦的事情了。

2021 年 2 月第三稿

聂震宁，第十、十一、十二届全国政协委员，中国作协全国委员会名誉委员，中国韬奋基金会理事长，中国出版协会副理事长，《旅伴文库》总主编。

1

与黄蔚妮的友谊，被颜小莉视为她来到北京之后最大的收获。

两人初见，是在一家广告公司的面试上。当时颜小莉大学毕业已经半年，失业的历史也长达半年。她揣着一张不高不低的文凭，仰着一副不美不丑的面孔，给二十多家单位投过不薄不厚的简历，也接受过七八次不咸不淡的约谈，但结果总是不声不响被拒绝，都没下文了。怎么过上一种不穷不富的日子就有这样难呢？仅仅因为这里是北京吗？她为什么又偏偏非得留在北京呢？记得上学的时候，颜小莉对这地方也没什么好感啊，总是嫌这儿人多，吵，空气浑浊，一年中有一半儿的时间出门要戴口罩。如今倒好像一个和丈夫并不恩爱的女人即将被逐出家门，却突然生出要做贞节烈女的热情了。

公司招聘的是行政管理职位。接到面试通知的时候，颜小莉打算这次再不成功，那就回西北老家去。有个表亲开了家制作亚克力的小工厂，附近两三个县的餐馆招牌都是他那儿出品的：正宗清真、百年老店、老王家老蒯家老魏家，此外还有肥硕得失真的牛和鸡。回去替亲戚管管账，也算学有所用，反正北京的房租她是实在支撑不下去了，方便面更是吃得她胃里直泛酸水。所以颜小莉走进位于亮马河的那栋玻璃外墙写字楼时，心情几乎是悲壮的、大义凛然的。

仅仅十几分钟后，这点儿气焰就被干净利落地扑灭了。人力资源部的主管通知面试者，职位要求做了临时调整：硕士起步，重点大学优先，关键是还要能说法语，因为将来要和法国总部过来的高层打交道。不符合这些条件的应聘者呢，也不是完全没有出路，前台刚刚空出一个岗位来，有兴趣的话可以去试试。

屋子里登时空了大半。行政管理变成前台，坐办公室的变成迎客的，这何止是戏耍人，简直是存心侮辱人。更何况，做前台还有一个无法逾越的条件限制，那就是性别。离开的大多是身穿廉价西服的男生，而颜小莉的脚刚刚抬起来两寸，却一转念，又落了下去。她朝人力总监举了举手，问前台的招聘在哪儿进行。一个是行政管理与前台的区别，一个是北京与陕西关中小县城的区别，两相权衡，当然是后一种区别的意义更加重大。别管干什么，留下就行。也许她们西北人还真是像北京人所评价的那样，有点儿“轴”。

五分钟之后，身穿格子衬衫和灰毛衣的颜小莉坐在了隔壁那群香气逼人的大长腿、黑丝袜和硅胶胸垫中间。姑娘们看着颜小莉，一律是非我族类的眼神，身边的两个人还特地把屁股往一旁欠了欠，仿佛土里土气也会传染似的。这时颜小莉才意识到，刚才的决定可能又是一次失误，将要引发的是另外一种层面上的受辱。她忽然又觉得有点儿好笑：一个月薪四千块钱的工作，犯得着那么争奇斗艳吗？

但再想走却为时已晚，面试已经开始。每人轮番上去做自我介绍，同时包括全方位的立体展示：举止、形体、化妆水平、普通话与港台腔英文单词的完美融合……轮到颜小莉时，她脑袋里一片懵懂，耳朵嗡嗡作响，一句临场发挥的话也说不出来，最后只得面无表情地把简历念了一遍。别人一定都在窃笑，只盼着她把这个过场赶紧走完吧。颜小莉也希望如此。于是她加快了语速，却忙中出错地打了两个磕巴。

黄蔚妮就在这个时候走了进来，她大概刚开完了一个什么会，便走到这间屋里随便遛遛。颜小莉只觉得身边一亮，一条斑斓的丝巾从她的余光里滑了过去，丝巾上方是一张精致得像件瓷制工艺品的脸。有人欠身让座，黄蔚妮摆摆手把问好压了下去，就坐在了颜小莉身边的空椅子上，仿佛饶有兴致地看着她。刚好念完了，颜小莉吁了口气，脖子上挂着一层汗，痴愣愣地向那道磨砂玻璃门走去。

“你是经贸大学毕业的？”黄蔚妮在身后问她。

颜小莉定身回头，像没听懂对方的话。

“行了行了，”黄蔚妮笑了，“出去等着吧。”

本想出门之后就直接去买火车票的，人家却让她“等着”，颜小莉只好和其他姑娘们一起坐到走廊里。从磨砂玻璃门的另一侧，传来高高低低的人声，黄蔚妮的略显沙哑的嗓音间或从几个男人的声音之中跳出来，说了什么却听不清楚。十几分钟过后，人力资源部的人就推门出来了。那人扫视了一圈，眼睛落在颜小莉身上：

“你跟我来。”

颜小莉就这样获得了她的第一份工作。不要说是公司里的别人，就连她本人都觉得匪夷所思。很快她就听说，自己之所以能留下，与黄蔚妮的意见有着直接关系。人力资源部本来倾向于另外一个女孩儿，黄蔚妮却插了嘴，说颜小莉“不错”。别人发表异议，指出颜小莉的气质太拘谨了，不适合跟陌生人打交道，黄蔚妮却说拘谨的人都认真，将来不会出差错。别人又说颜小莉的长相不符合公司的形象，黄蔚妮反问，难道公司的形象就是锥子脸和硬挤出来的乳沟吗？又有人挑剔说，颜小莉的口音不是很标准，前后鼻音分不清楚，黄蔚妮就甩着一嘴京片子说，你们刚来北京的时候，有谁的嘴是利索的？总之争了几句。按说黄蔚妮这个销售部副总插手人事上的事儿，是有点儿越俎代庖的，但她手里正攥着几个大单子，又是外国老板跟前的红人儿，并且区区一个前台，也不是什么要紧的职位，众人也就哈哈一笑，遂了她的意。

进而又有嘴碎的人补充，以前那个前台就是个积极进取的大胸锥子脸，居然敢跟前来拜访黄蔚妮的男人打情骂俏，所以她这次力挺颜小莉，也是“一朝被蛇咬，十年怕井绳”的结果。

不管怎么样，在北京的茫茫人海里，在几乎走投无路的困境中，能有一个陌生人向你伸出援手，这是足以令人感激涕零的。况且援助颜小莉的黄蔚妮又是那样漂亮、干练、受人瞩目，于是那份感激里便不由自主地加入了崇拜的成分。人要有良心，要滴水之恩以涌泉相报，这个道理颜小莉是懂得的，尽管她也知道，自己的涌泉难以比得上黄蔚妮洒下来的一滴水。她能够做的只有在一些小事情上尽力让黄蔚妮高兴。

每天早上，远远地看到黄蔚妮从电梯间拐出来，颜小莉都会走出前台，亲手为她拉开大门，而这是总经理一级的人物才享有的待遇。公司规定上班时间是不能接快递的，因此别人的东西送来了，颜小莉都会照章办事地挡回去，但只有黄蔚妮的，她会认真替她签收，下班的时候默默地递给她。颜小莉还观察到了黄蔚妮每周会有两天熬夜加班，于是次日早上，她就从楼下的星巴克买一杯拿铁，专门留给她。黄蔚妮是喝不惯那种加了过多的糖和奶的“办公室咖啡”的。

颜小莉不仅是公司的前台，还是黄蔚妮一个人的前台。其他同事提起前台的颜小莉时，也会半开玩笑半刻薄地说：“不就是黄蔚妮的那个碎催嘛。”对于这个称号，颜小莉是坦然接受的。公司的重要人物中，有几个没有他们“自己人”的呢？总经理的自己人是办公室主任，财务总监的自己人是会计部的一个出纳，黄蔚妮的自己人就是她颜小莉。她甚至以此为荣。

更让颜小莉感动的是，黄蔚妮也有把她当成自己人的意思。最初是每天上下班碰面时，黄蔚妮会特地朝前台这边颔一下首，露出大而化之却又独具慧眼的微笑。渐渐地，当午饭没有应酬的时候，黄蔚妮就会招呼上颜小莉，一起到楼下的咖啡厅吃套餐，刷她的管理层福利卡。再后来，黄蔚妮周末还会叫颜小莉一起去逛街，带颜小莉见识了许多她敢看不敢试的大牌。

在交往中，颜小莉发现黄蔚妮也爱讲八卦，开无聊玩笑，看低智商的电影，尤其热衷于说前男友的坏话。“我第几个前任来着——”或者那些“可以公开的秘密”总是这样开头，然后就是罄竹难书的罪恶：小气，切牛排的动作像个木匠，号称“最爱阿什肯纳齐演绎的肖邦”手机里装的却全是凤凰传奇，吃饭吧唧嘴……在黄蔚妮的率先垂范之下，颜小莉也只得声讨起了自己的唯一一个前男友，但却没法儿告诉黄蔚妮，他们分手仅仅是因为那男孩儿找到的工作在南京，而他负担不起每周见面的高铁车票。

“你们到底为什么掰了？”

“他也吧唧嘴……”颜小莉像交差似的说。

黄蔚妮登时同仇敌忾地亢奋起来：“吧唧嘴太恶心了，谁都受不了，对不对？”

颜小莉跟着黄蔚妮大笑，好像她们能共同从吧唧嘴的臭男人那里虎口脱险，是一件惊险而值得庆幸的事情。有了这些琐碎的小愉悦，颜小莉也感到黄蔚妮这个人陡然真实了许多。黄蔚妮不仅是她的贵人，而且称得上是她的闺蜜了吧？假如颜小莉一定要高攀的话。

颜小莉还会不自觉地想：如果她也能活成黄蔚妮那样，该有多么美好啊。这个愿望，大概可以成为颜小莉留在北京之后的奋斗目标。

因此，当黄蔚妮突然找到颜小莉，动员她也来加入那支“救狗特攻队”时，颜小莉责无旁贷地答应了。

2

黄蔚妮的原话是这么说的:“明天敢不敢跟我去趟昌平?”

当时是周五下午，颜小莉正在整理本周的访客单，准备交到上司那里去备案，而黄蔚妮突然出现，把一条纤瘦的胳膊架在了前台桌面上。听到对方这样问，颜小莉的答复是条件反射的“没问题，蔚妮姐”，然后才生出一点儿疑惑来。黄蔚妮并不喜欢郊游踏青，她消磨周末的地方，基本上不是丽都就是三里屯，怎么突然想起要去昌平了？昌平本身倒没什么，也是北京的一部分嘛，颜小莉租住的房子还在大兴呢。但黄蔚妮干吗偏偏又要加上一个“敢不敢”呢?

再回想一下，这两天的黄蔚妮的确有点儿异样。她在公司里仍然衣着鲜亮，处事干练，风风火火地和各路人等打着交道，但只要一闲下来，却往往会不由自主地出神发呆，两眼盯着空气中某个抽象的点，也不知道在想些什么。黄蔚妮仿佛陷入了一种隐忍未发的焦虑之中，别人没有发现，可颜小莉是看在眼里的。然而看在眼里却也不能主动关切，万一人家根本不打算跟她分享心事呢？那么，说深了说浅了都不合适。在黄蔚妮和颜小莉的友谊中，主导权在谁手里是很明确的，被主导的那一方只有逢迎与配合的份儿。

而现在，既然黄蔚妮主动提出了邀请，颜小莉便可以追加一句了:“咱们到那儿去干吗？”

黄蔚妮哑着嗓子说:“麦克黄丢了，我得去救它。”

颜小莉像警报一样叫了出来:“这么大的事儿您

怎么不早说？”

麦克黄是一条六岁大的拉布拉多犬，雄性，毛色黄白相间，身高六十厘米，体重二十七公斤。一般狗类就像明治以前的日本人，是只有名字而没有姓氏的，乡下的就叫大黑二黑，城里的就叫妞妞皮皮，但麦克黄不同，它有名也有姓。它的名字是麦克，姓氏则随了黄蔚妮，并且姓和名的排列顺序符合西方习惯。仅从这一点就可以看出，黄蔚妮对于这只狗养得有多么上心。在颜小莉的记忆中，黄蔚妮聊天时提起“我们家麦克黄”的频率，甚至超过了她的任何一位前男友：

“我们家麦克黄不认识玻璃，每天都会在阳台门口撞两次头。”

“我们家麦克黄备受左邻右舍的母狗青睐，但至今还是一个守身如玉的处男。”

“我们家麦克黄曾经获得社区叼飞盘大赛亚军，奖品是一只挂着铃铛的红项圈。”

谈起前男友的黄蔚妮是刻薄的，甚至是有点儿狠毒的，但谈起麦克黄的黄蔚妮就像拉布拉多犬一样“傻傻的很可爱”。并且爱屋及乌，她愈发对所有的犬科动物都焕发出了似水柔情。就算公司里的事情忙得不可开交，但黄蔚妮仍然参加了一个以爱狗为主题的公益协会，那些人通过网络联系，定期去宠物医院给小狗义务看病、洗澡，为动物救助站里的流浪狗捐款，还眼泪汪汪地包场观看《忠犬八公》《马利和我》之类的电影。

“你要知道，在这个世界上，大部分的狗狗都生活在水深火热之中呢。”在露天咖啡馆的遮阳伞下，黄蔚妮认真地对蹲在一旁仰望着她的麦克黄说。

“所以麦克黄，你要珍惜现在的幸福生活，不要再把皮沙发给抓破了。”颜小莉附和道。同时她想，在这个世界上，大部分人还都生活在水深火热之中呢。比如她自己，倒是也想找只皮沙发来抓一抓呢，可是抓破了赔得起吗？

然而上个周末，过惯了幸福生活、连抓破皮沙发也不会受到责备的麦克黄丢了。

丢失的过程很简单，黄蔚妮正带着麦克黄在一楼阳台外的自家小院里玩儿，屋里的电话突然响了，她独自跑进去接，等到一个电话打完再出来，麦克黄就不见了。刚开始，黄蔚妮倒也不太着急，因为类似的情况以前是发生过的，麦克黄很可能是被小区里孩子踢足球吸引，或者干脆看上了谁家的母狗，就“狗急跳墙”地跃过了篱笆。而它在外面遛上一圈儿，很快又会准确无误地找到家门。要知道，拉布拉多犬虽然长相憨厚，却是狗里面智商最高的之一，就连导盲工作都可以胜任。但这一次，黄蔚妮等了半个小时，一个小时，麦克黄却仍然不见踪影。她这才慌了，没换睡衣就跑出去寻找，保安、邻居、小区门口收废品的人都问过了，却没人能够提供一点儿线索。麦克黄在黄蔚妮的眼皮子底下人间蒸发了。

可想而知，这几天的黄蔚妮该有多么伤感，多么魂不守舍，但她还不能在人前表现出来。公司的一个项目正进行到关键阶段，作为销售环节的主要负责人，如果因为一条狗而耽误了工作，那造成的影响可就太恶劣了。就这么有苦难言地隐忍着，张贴出去的寻狗启事无人回应，接到报案的派出所也明确表示这事儿不大可能认真去管——人丢了还找不过来呢，遑论狗？黄蔚妮几乎要崩溃了。直到昨天，她才收获了一点儿希望。爱狗协会里的一个朋友告诉她，刚刚得到“线报”，一批近期被盗的宠物犬正准备运往河北。据推测，麦克黄很可能就在其中。

“好好儿待在小区里，怎么就丢了呢？而且任何人都没发现，明显是被偷狗贼喂了酒馒头，装进麻袋背出去了。那些家伙惯用这一招的。”那位朋友条理清晰地推断，“干这种勾当的人多数都有上线，就是收狗卖狗的狗贩子。我专门替你查过了，这些天里准备出货的狗贩子，只有老巢在昌平区的那一家。”

“如果是拉到宠物市场上去卖，那倒还好，假如狗贩子的下家是外地的狗肉馆呢？那可就……”另一位朋友不甘落后地分析道。

说得黄蔚妮一会儿心存侥幸，一会儿魂飞魄散。这时她就不是八面玲珑的销售部副总了，而是变回了一个六神无主的弱女子。最后，两位朋友一起建议，发动协会的力量，大家一起到路上把运狗的卡车拦下来。“劫法场”，“盗取生辰纲”，营救麦克黄。

听到这里，颜小莉却有了疑问：“您那些朋友既然消息那么灵通，都弄清楚狗有可能在谁手里了，那为什么不直接联系一下狗贩子，把麦克黄要回来呢？大不了花钱买也行啊，反正对方偷狗不也为了挣钱吗？而钱对于你来说又是……”

“嗨，你想得也太天真了，现在已经不是钱的事儿了。”黄蔚妮当初一定是问过类似问题的，这时却用朋友们那种无所不知的口气教育起颜小莉来了，“狗贩子是从来不敢把偷来的狗卖回给本主儿的，因为那样一来，不就等于承认了自己的偷窃行为了吗？要知道，几乎所有狗主丢了狗之后，都会去派出所报案，而几乎所有被盗狗的价值都远远超过了刑事立案标准。那些人贼得很，才不敢冒这种风险呢。”

“原来是这样……”颜小莉嘟囔了一句，眼睛往下垂了一下。

黄蔚妮发现颜小莉目光游移，立刻不满地问道：“喂，你该不是怕了吧？我可是把你当朋友，才找你陪我的。”

说实话，此时颜小莉的确是有几分犹豫的。她在网上看见过类似的报道：北京的爱狗人士联合起来，截下运狗的卡车，强行将狗放生，使它们免于变成狗肉全席的命运。对于这种行为，网民的评价分成两个极端：支持者热烈拥护，认为狗是人类的家庭成员，吃狗就相当于吃你的父母亲人；反对者嗤之以鼻，说这纯属是穷极无聊发神经，你那么喜欢狗，干脆跟狗过日子去好啦，还要父母亲人有个屁用。也不知为何，两派都爱把狗和父母亲人扯上关系。而相关政府部门的口径，则是公事公办地奉劝爱狗人士保持理智，不要行为过激，并且警告说，危害道路交通是犯法的。颜小莉为黄蔚妮收快递、买咖啡、拎购物袋都没问题，反正她有的是时间和力气，但涉及“犯法”这两个字，她一个外地人就必须得掂量掂量了。黄蔚妮在北京有房子有高薪，家里还有各种各样的社会关系，因此也就有了一股子对什么都“浑不吝”的劲头，仿佛捅出天大的娄子也兜得住。而颜小莉呢？她可是坐公交让人摸了大腿都不敢喊抓流氓的。

但黄蔚妮的要求，颜小莉又怎么能不答应呢？人家黄蔚妮都已经皓齿红唇地把她“当朋友”了啊。再说没有黄蔚妮，她能留在北京吗，能在外企前台的位置上站稳吗?

因此，颜小莉吁了一口气，模仿着黄蔚妮的北京人的腔调说:“瞧您说的，我怕谁啊?这么刺激的事儿，平时想碰还碰不着呢。”

3

直到第二天早上出门，颜小莉心里仍然咚咚打鼓。因为睡不踏实，反而醒得早，连昨天晚上设好的闹钟都没用上。她不到七点就坐上了地铁四号线，换乘倒车，一个小时后到达了国贸附近黄蔚妮家楼下。又等了十来分钟，黄蔚妮便开着她那辆雷克萨斯从车库里上来了。她拉开车门，递给颜小莉一块用保鲜膜包好的金枪鱼三明治。

周六早上不堵车，四环路空荡得铺张浪费。一路上，黄蔚妮都没怎么说话，眼睛倒是空洞地撑大了一圈儿，连太阳穴上的青筋都绷出来了。按照颜小莉的经验，每当黄蔚妮紧张的时候，都会是这种神色。而她这个陪同者所能做的，也只能是不多说多问，埋头吃自己的三明治就好。没一会儿，车子开到城北的一条国道入口附近，黄蔚妮却放慢了速度，将车靠到路边的应急车道上。颜小莉恰好吞下了最后一口动物蛋白和谷物纤维的混合物，这才抬起头来，瞥见路边已经排着五六辆车了。

颜小莉以前从未见过黄蔚妮在单位圈子以外的熟人。因此，当她跟随黄蔚妮下车走向其他人的时候，心情还有那么一点儿小忐忑和小自豪。路边的车有丰田、大众，也有宝马、奥迪，高高矮矮，赤橙黄绿，好像在少见的蓝天底下挂了一串彩色灯笼。开车的人大多站在路面上，有男有女，都挺年轻，面相最老的也不过三十五六岁。他们三三两两地聊着天，看见黄蔚妮，纷纷扬手和她打招呼。

黄蔚妮对大家敷衍了几个微笑，径直走到一辆奥迪车旁，和靠在后备箱上抽烟的男人聊起来。那人长得高、壮且皮肤细嫩，头顶氤氲着腾腾热气，又穿着一件米黄色的条绒休闲西装，因而看起来很像一只刚烤出炉的大号金砖面包。听黄蔚妮介绍，他叫尹珂东，在一家“级别相当高”的日报社当社会新闻部主任，关于麦克黄的线索，正是他提供的。而尹珂东只对颜小莉略一点头，就把她像一篇通稿一样放了过去，然后两眼主题鲜明、立场坚定地继续锁住黄蔚妮。他还极具新闻敏感性地观察到黄蔚妮“这两天又没睡好”，看来“真是落下心病了”。

继而话锋一转：“你别担心，我已经让手下的记者打听清楚了，再过大约十五分钟，那辆卡车会从小汤山出发奔河北，咱们从这条路追过去，肯定能堵住他们……”

黄蔚妮打断他的喋喋不休：“徐耀斌怎么还没来啊？都这个点儿了。”

尹珂东有点儿不自在地顿了顿，就势使了个皮里阳秋的笔法：“人家是大忙人，这点儿小事未必放在心上。”

正说着，便有一辆橘红色的保时捷跑车轰鸣着，缓缓插进了车队中间，登时成了“五彩灯笼”之中最耀眼的那一枚。车窗摇下来，露出一个戴墨镜的黑瘦子，喊了一声：“蔚妮！”如果说尹珂东像刚烤出炉的面包，那么这人就像一根炸过头的油条了。

黄蔚妮娉婷地走过去，纤细的手指像弹钢琴似的敲击着保时捷车顶：“又换车了？”

“还没上牌儿就被你征用了。”那瘦子大概就是刚才说的徐耀斌了，他抬抬墨镜，向一旁的尹珂东打了个轻佻的招呼，又问黄蔚妮，“干脆坐我这辆吧？”

“你开车太猛，我怕得慌。”黄蔚妮指指颜小莉，“再说我的车也不能搁这儿啊，这位小朋友又不会开。”

颜小莉当真像小朋友一样吐了吐舌头，似乎是为连累了黄蔚妮不能乘坐保时捷而表示歉意。而这时，尹珂东已经露出了十二分不耐烦：“咱们是来救狗的，又不是来看车的，再不走就赶不上趟儿啦。”说完钻进他那辆奥迪，嘭地关上车门。

车队齐整地出发，在路上都打着双闪，路人看到，多半会以为谁家正在办婚事。领头的是尹珂东那辆奥迪，徐耀斌的保时捷则在其他车之间来回穿插，既显摆车，又显摆车技。他还屡屡窜到黄蔚妮的车前，做出类似于牲口甩尾巴的动作，有两次因为车距太近，吓得颜小莉哇的一声。而一直紧绷着脸的黄蔚妮却终于有了些许笑意，她翘起嘴角，好像在纵容这男人胡闹。

片刻，黄蔚妮的电话响了，徐耀斌的声音传出来：“尹珂东给我打电话了。”

“他跟你叨叨什么了？”

“让我安全驾驶，别瞎折腾。这人怎么跟个学校里的团委书记似的？”

“那你就开稳当点儿呗。人家说得对你就得听。”

徐耀斌“切”了一声：“成，那我听你的。”

他挂了电话，保时捷却嗡的一声吼叫，声势浩大地从黄蔚妮的车旁超了过去，转眼开到了尹珂东的奥迪车旁，一打方向，别得奥迪车惊慌地往右一偏，看起来像打了个踉跄。接着，尹珂东气急败坏地连声按起了喇叭，而徐耀斌却又跑到了黄蔚妮的一侧，透过车窗做了个“V”字形的手势。

黄蔚妮故意不搭理他，但嘴角翘得更高了。这时候，就连颜小莉也看出了她和尹珂东、徐耀斌的关系，于是把话题引到了黄蔚妮爱听的路子上：

“蔚妮姐，你还是劝劝他们吧，别为了你真闹出车祸来。”

“我哪儿管得住他们啊。”黄蔚妮真真假假地叹口气，心情也终于舒展得能聊起前男友了，“就跟我不知第几个前任似的……有一次真跟人家打起来了。说起来都是三十多的人了，怎么那么幼稚。”

“这位徐……大哥是自己开公司的吧？”

“他？就一无业游民。”黄蔚妮说，“不过他们家是做房地产的，在北五环弄了个楼盘。”

正说着，黄蔚妮的电话又响了，这次是尹珂东。对于这个男人，黄蔚妮便拿出了安抚的语气：“别生小徐的气啦，他那点儿小孩儿脾气你还不知道？大家都是朋友，都是来给我帮忙的……”

“我才懒得跟他一般见识。”尹珂东鼻子里哼了一声，“我是想提醒你，刚才我们那儿的记者打电话了，那辆卡车马上就要从下一个入口开上来了。一会儿行动的时候，你在后面跟着好了，千万要保持车距，别往前赶，那太危险。”

“谢谢啦，还是你细心——”黄蔚妮的上半句还在润物细无声，下半句却变成了尖叫，“别说了别说了，是不是那辆车！”

果然，道路右侧的匝道上，正有一辆车斗上加装了巨大铁笼子的卡车缓缓驶入。在北京的郊区，人们经常能够看到这样的卡车，车上往往载着几头牛、十几头猪或者几百只鸡鸭鹅——如同上法场之前还要游一游街，只可惜动物们喊不出“若干年后又是一只好牛（猪鸡鸭鹅）”之类的豪言壮语。而这辆车的铁笼子里关着的全是狗。有大大小小几十条，其中最多的是硕大的金毛和哈士奇，间或还有古牧和牛头梗这种少见的品种。狗们一律垂头丧气地耷拉着尾巴，还有的把脑袋伸出笼外，瞪着乌溜溜的眼睛，茫然地与后车的车灯对视。

颜小莉也情不自禁地喊起来：“快，快，截住它！”

话音未落，徐耀斌的保时捷已经伴随着更加大的轰鸣声冲了出去。八气缸涡轮增压发动机可真不是吃素的，一眨眼工夫，就窜到了卡车正前方几米远的地方，接着，一个急刹车逼得卡车咯吱一声停下。铁笼里的狗们被惯性拉扯得东倒西歪，挤作一团，却没有一只张嘴叫出声来，好像奥斯维辛集中营里的囚犯，早已被折磨得麻木了。

卡车司机是个二十多岁的小伙子，鼓鼓的圆脸，厚厚的锅盖头，看起来倒像农村年画上的胖娃娃。然而因为风吹日晒的缘故，这个胖娃娃的肤色斑驳杂乱，脖子上更是黑一道白一道的，尽是被汗水冲刷的泥印子。他从车窗里探出半个身子，操着一副破锣嗓子喊：

“你怎么开车呢你？”

徐耀斌已经从保时捷里跳了出来，缓缓地走向卡车。很显然，他还陶醉于刚才那记干净漂亮的拦截，因而一举一动都像美国电影里的硬汉一样注重造型。这条一米六五的硬汉摘下墨镜，挥舞着“芦柴棒”一般的瘦胳膊宣告：“我们拦下你，为的是你车上那些狗。”

“狗招你惹你了？”胖小子问。

“这句话应该我问你才对：狗招你惹你了？”徐耀斌反问，“你们凭什么抓它们，卖它们，吃它们？”

“我又没抓没卖没吃，我就是个开车的。”

“开车也不行，拦的就是你这辆运狗的车。”

两人对话之间，尹珂东已经率领随即跟上来的其他汽车摆好了阵势。他的奥迪和徐耀斌的保时捷并排，堵在了卡车的正前方；左右两侧各有一辆轿车和一辆 SUV 把守；黄蔚妮的雷克萨斯和一辆大众旅行车则紧紧贴在卡车的屁股后面，为的是防止卡车司机突然倒车逃跑。这个战术，想必是尹珂东事先交代好的。

接着，一辆轿车按起了喇叭，其他车辆立刻呼应。频率各异但一律高亢有力的鸣叫声在公路上空回荡，向茫然失措的胖小子施加压力。救狗特攻队的成员们还纷纷摇下了车窗，呼喊起了口号：

“放了那些狗！”

“狗狗是人类的朋友，狗狗是人类的亲人！”

“虐待动物没人性！”

在车声和人声的交错下，狗们也仿佛蓦然惊醒，争先恐后地哀号起来。大狗嘈嘈如急雨，小狗切切如私语，公狗要撒尿母狗也要撒尿，便有几股腥臊的黄水顺着卡车斗的凹痕和缝隙渗透出来了。

黄蔚妮一边拼命按着喇叭，一边招呼颜小莉：“你帮我看看，麦克黄到底在不在这辆车上？”

颜小莉便瞪大了眼睛，在铁笼子里搜寻起来。然而狗们堆积在一起乱挤乱撞，就连哪只爪子是谁的都分不清，看得眼睛都酸了，也看不出个所以然来。而这时，尹珂东和几个性急的男司机已经跳出车来，冲到卡车车斗下方，试图把那只铁笼子的栅栏门拽开来。尹珂东干得尤其积极，又高又壮的一具身子挂在拇指粗的钢筋上来回打摽悠。

胖小子急得连声喊：“讲不讲理呀？没跟你们说我就是个开车的吗？有什么话找我们老板说去。”

“没那工夫！谁知道这些狗被你们运到外地是死是活。”

也许是占了场面上的优势，救狗的人们便过于托大了。他们只顾着对付笼子，却没想到这么一个束手无策的胖小子被逼急了也会犯浑。卡车突然重新发动，一阵颤抖，屁股喷出了两股黑烟，紧接着就往斜刺里窜了出去。这个情急之下的举动造成了两个后果：一是把试图攀上车斗的尹珂东甩了下来，一屁股坐在柏油马路上；二是卡车车头把徐耀斌那辆保时捷的后视镜刮得粉碎。也怪尹珂东和徐耀斌停车时没把路堵死，给对方留出了两米多的空间，胖小子就开着车，咣咣当当地绝尘而去了。

两个男人同时大喊大叫，一个是屁股疼，一个是心疼。随之而来的是巨大的愤怒：不只嘴硬，还敢逃跑？不只虐待狗，还敢伤人伤车？他知不知道到医院拍一张尾椎的核磁共振要花多少钱？知不知道保时捷换一块后视镜要花多少钱？关键是，这种顽抗到底、铤而走险的态度实在令人无法忍受。必须得给他一个教训！尹珂东和徐耀斌不约而同地上了车，一脚油门踩到底，争先恐后地追了上去。

场面就此失控。以前看到电影里的飙车场面时，颜小莉只觉得那像一场游戏，此时被加速度紧紧地压在座椅靠背上，她才体会出现实和电影根本是两码事儿。黄蔚妮还不算是追赶得最奋不顾身的，她只是不远不近地跟着那辆卡车，但光看着前面的尹珂东和徐耀斌叫嚣隳突的架势，颜小莉的心脏就快要跳出来了。这两个男人简直像疯了一样，轮番奋不顾身地冲到卡车车头的前方，有两次几乎和卡车撞在一起，却怎么也无法把对方再次逼停。胖小子看来是横了心较上了劲，操纵着偌大一辆卡车东摇西晃，每每在围追堵截中夺路而出。而这可苦了后面那些狗，它们像碗里的豆子一样腾越着，滚动着，彼此撞击着，哀号声一阵高过一阵。

你追我赶了几千米，公路侧前方赫然出现了一个岔口，卡车猛打了把方向盘，一头扎了出去。救狗特攻队的大部分车都被甩掉了，紧随其后的只剩下了尹珂东、徐耀斌和黄蔚妮。颜小莉别无选择地坐在黄蔚妮身边，紧紧抓住车厢里的把手，张大了嘴，却叫不出声来。

公路追逐转眼变成了山路追逐。这是一条在北京郊区常见的盘山道，路面颠簸而险峻，几乎仅容一辆车通过。不时有嶙峋突出的怪石在颜小莉眼前掠过，轮胎与地面之间的摩擦更是让她闻到了一股煳味儿。不知拐了几个弯，颜小莉已经分不清东南西北了，她脑子里唯一清醒的念头，居然是勒令自己收紧括约肌，以免在黄蔚妮的雷克萨斯上尿了裤子。而随着身边黄蔚妮的一声“哎呀”，令颜小莉在此后的日子里追悔莫及的一幕发生了。

前方露出一个急而陡的转弯，卡车又刚刚被一块从山体里凸出的岩石挡住了视线，没来得及减速，眼看就要冲出路面，滑下山坡。幸亏那小胖子的驾驶技术还算过硬，他紧急踩了一脚刹车，让车身贴着一蓬半人高的蒿草转了个九十度的大弯，有惊无险地爬上了一段上坡路。这个激烈的驾驶动作也将狗们再次抛了起来，而铁笼子的栅栏门或许刚才就被尹珂东拽松了，因此有两只体型颇大的黄狗和三四条京巴、博美一类的小狗一齐破门而出，天女散花似的飞到山下去了。

黄蔚妮的惊叫正是为此而发的吧。但让颜小莉感到恐惧的，却是另一个状况。

她似乎看到，卡车在拐弯时，车斗的边角撞到了一个人。红衣服，个头不高，瘦瘦的，好像是个孩子。黄蔚妮的雷克萨斯飞快地跟过了那个转弯，而颜小莉扒着车窗回头再看时，路边却又空无一人了。

4

那场追逐到底是怎么结束的，颜小莉反而记不清楚了。好像是卡车翻过了山，慌里慌张地开上了一条正在施工的断路，这才不得不停了下来，束手就擒。尹珂东和徐耀斌围上来，自然又是一番大肆声讨，他们把开卡车的胖小子从驾驶室里拽下来，你一把我一把地推搡、拉扯着，这时也不说狗是人类的亲人了，而是一个要去医院，一个要修车，钱都得由胖小子出。

胖小子全然不见了开车时的莽撞，他的脸煞白，结结巴巴地说："你们要是不追我，我也不会跑啊。"

“还敢信口雌黄！”尹珂东声音雄浑地喊道，一张大脸因为激动，更加膨胀了，“你先跑我们才追的。”

胖小子又指向徐耀斌：“他要不把我截下来，我还不会跑呢。”

“我把你截下来是要跟你讲理的，你干吗撞我的车？”徐耀斌也吼道。他的长相和身材不如尹珂东有威慑力，因而特地踮着脚跳了两跳。

“我都说了我就是个开车的了，后面那些狗不是我的，你们还非要为难我……你们讲不讲理啊？”胖小子说着，连哭腔都带出来了。

“得了得了，甭废话了，反正也造成事故了。”尹珂东似乎冷静了一点儿，瞥了瞥变成“一只耳”的保时捷，“咱们还是叫警察来处理吧。我们截你的车，该扣分扣分，该罚款罚款，我们认了。可你在停车的状态下撞坏了人家的后视镜，故意损坏他人财物，这个责任也推卸不掉——咱们都把驾驶证拿出来吧。”

说着，尹珂东首先掏出了驾照。徐耀斌点头称是，也一边掏证件，一边拿出手机就要打报警电话。而这时候，胖小子的神色就更慌张了，他破口而出：

“不能报警。”

“为什么不能报警？”尹珂东冷笑着盯住对方。

胖小子不说话，额头上冒出了豆大的汗珠。

尹珂东一针见血地指出：“你没驾照，对不对？”

这话让胖小子突然崩溃了。他抱着脑袋，蹲到卡车轮子旁边，真的哭了起来，一边哭一边语无伦次地嘟囔：“我开车开得好好儿的，谁也没招谁也没惹，你们干吗非要拦我啊……就为了那些狗吗？狗要活命人也得吃饭呀。”

尹珂东趁势施展出谈判技巧，他叉着腿站在胖小子头顶，居高临下地说：“无证驾驶可是大事儿，又酿成了事故，起码够得上拘留的了——不过今天的情况确实有些特殊，我们看你又不容易，干脆这么着吧——警察我们不叫了，剐蹭的损失呢，也不让你赔了，但你车后面那些狗得归我们。你看怎么样？”

胖小子没接话，只是呜呜了两声。

尹珂东笑了：“没有异议就是同意。耀斌，你也没意见吧？”

徐耀斌不满意地插嘴：“我这可是新车……”

“将就将就吧。”尹珂东立刻打断他，“反正万把块钱的修车费用，对你来说也就是一顿饭钱。”

徐耀斌往黄蔚妮这边扫了一眼，只好大度地耸了耸肩膀，没再说话。

尹珂东的脸上堆起了一箭双雕的快意：既在黄蔚妮面前抢了头功，又顺带慷了徐耀斌之慨。这个成就让他忘掉了自己屁股上的隐隐作痛，跳上了卡车车斗，再度扮演了徐耀斌没能演好的硬汉形象——迎风而立梗着脖子睥睨一切，掏出电话呼叫：

“动物保护中心吗？我们刚刚解救下来一批被盗

的宠物狗，请求支援，请求支援！”

直到这时，颜小莉还坐在雷克萨斯的副驾驶位上心惊肉跳，两只膝盖不停地哆嗦。而她旁边的黄蔚妮也脸色煞白，两手离开方向盘，撑在座椅上，十只鲜红的指甲恨不得掐进“阿尔卑斯头层小牛皮”里去。

颜小莉叫了她一声：“蔚妮姐……”

黄蔚妮如梦方醒地感慨：“刚才吓死我了，那么陡的路，那卡车司机还开得那么快，这不是混蛋吗？”

尹珂东却在极具英雄气概地招呼黄蔚妮了：“快来找麦克黄啊——是不是吓掉魂儿了？我早就让你别跟着了，女人开车就是不行。”

两人只好定了定神，一前一后跑到卡车旁边。黄蔚妮一边在铁笼里辨认，一边颤声呼唤道：“麦克黄，麦克黄！”尹珂东和徐耀斌也凑了过来，一人捡了一根树枝，帮助黄蔚妮把金毛和古牧轰开，露出藏在狗群里的拉布拉多犬，同时你一言我一语：

“是不是这只？”

“我觉得这只像，麦克黄的脑门上不是有一块白吗？”

几个人团团乱转，只有颜小莉的心思不在狗上。她绕着卡车，像要证实什么似的，用手指轻轻触碰着锈迹斑斑的铁皮。在车尾右侧，果然沾着一小团暗红色的液体，明显是血，血里混着几根狗毛。那么这究竟是人血还是狗血呢？颜小莉的心再次狂跳起来，只觉得两腿发软，站都要站不住了。

而从车斗的另一侧，一阵轻轻的抽泣声传了过来。颜小莉的眼睛穿过几条狗腿，看到黄蔚妮正捂着脸，肩膀一耸一耸的。他们已经辨认了两遍，仍然没有发现麦克黄的踪迹。被迫接受这样的事实，无疑让她失望到了极点，也接近崩溃的边缘了。

两个男人却还在如火如荼地抢着风头，轮番软言软语地安慰黄蔚妮。尤其是尹珂东，他仗着胸怀够宽大，还试图揽着黄蔚妮的肩膀，把她搂起来：“没事的，没事的，这次找不着还有下次。麦克黄会等着你，我们也绝不会抛弃它……”

黄蔚妮一把甩开尹珂东的手：“尹珂东，你提供的什么破情报！自己还没核实清楚就把我叫来，简直就像你们那家报纸一样不靠谱！”

尹珂东尴尬地搓起手来，徐耀斌倒快意地无声冷笑。至此，营救麦克黄的行动以失败告终。

那天晚上回到住处，颜小莉已经是人困马乏，累得连澡都没洗，就把自己拍在了床上。然而直到凌晨三点，连隔壁那对一到周末就熬夜上网的小情侣都没了声息，她仍然没有睡意。追车。急转弯。一个红色的瘦小身影。漫天乱飞的狗。卡车上的血迹。这些场景像一部剪辑极其混乱的电影，在她的脑子里无休无止地乱晃。

症结还是出在卡车那个惊险的九十度大转弯上。到底有没有撞到人？那一瞬间的镜头起码被颜小莉

“重放”了几十次。在有一些镜头中，路边是空空荡荡的，只有一蓬在尘土里摇曳的蒿草，但在另一些镜头中，蒿草丛中却明明站着一个孩子——不辨年龄，不辨男女，只记得轮廓是瘦的，颜色是红的。是不是她眼花了，或者出现了幻觉？但她的幻觉为什么不能是一群鸟、一棵树，而偏偏是一个人呢？

基于迷乱、慌张、无法确定是真是假的记忆，颜小莉却开始进行理性分析了：没撞到人倒还罢了，假如真的撞了人，将会产生什么后果？那孩子会死吗？他家里人或者其他目击者会报案吗？警察会不会顺藤摸瓜地追查到卡车司机，进而再找到尹珂东、徐耀斌、黄蔚妮以及自己头上？那个脏兮兮的胖小子没有驾照，人又是他的车撞的，看似要负主要责任，但他有个道理讲得也没错：你们不追我，我会跑吗？这么一来，当时在路上追逐的所有人，就都和一桩人命案件扯上关系了。哪怕颜小莉没有开车，她也是涉案人之一，并且“间接促成了案件发生”。

她在电视里的法制节目中听到过类似的台词。

人命啊，想到这个字眼，颜小莉浑身打起寒战来。她飞快地把自己的头蒙进被子里，又咬紧牙关才没叫出声来。

一夜几乎没睡，起床之后自然是昏昏沉沉的。这天正好是周日，这套位于大兴黄村的三居室里，除了颜小莉之外空无一人。与她合租的室友们大概是出去踏青了，大家平时都忙得要命，每个礼拜就指着周末透口气呢。而他们所住的这片城乡接合部还保留着一块半干半湿的河滩，带张桌布、一篮子食物过去，不花钱也能消磨一天。窗外的天色有些阴沉，使得空旷的房间更显得静谧了，就连门外电梯的开门关门声和有人上下楼梯的脚步声都清晰可闻。这些声音又让颜小莉不由得心惊胆战。

窗外还有警车或者消防车驶过，当时颜小莉正坐在马桶上发呆，听见那尖厉的鸣笛，她本来呆滞的思绪立刻产生了无数联想。颜小莉捂着脸把头扎进双腿之间，终于被自己吓出眼泪来了。

她老实了二十多年，从来没跟父母顶过嘴，从来没逃过学校里的一节课，从来没让男朋友把手伸进内衣底下过，怎么一摊上事儿，就有可能是天大的事儿呢？

中午泡了方便面但也没吃两口，颜小莉看着一只油腻的碗，坐在她那间十平方米不到的朝北卧室里发呆。这时手机突然响了，是黄蔚妮。颜小莉迟疑了好一会儿，终于还是接听了。

“昨天累坏了也吓坏了吧？”黄蔚妮的口吻仿佛比往日更亲切。当然，是那种轻巧的、保持着俯视姿态的亲切。

“还好……”

“看你的脸色不好，还以为你晕车了呢。”

“我只是在挂念着——麦克黄。”

“我硬拉着你去，也是为难你了。我早就看出你这人……心眼儿很好，跟公司里那些两面三刀的家伙不一样。”黄蔚妮似乎叹了口气，又说，“不过拜托你，咱们去找狗的事儿，千万别告诉不相干的人，你知道，我手里的这个项目很重要，合作方也相当挑剔，公司的高层要求我全力以赴。这时候如果传出这种小插曲，谁知道又有什么人要站出来说怪话呢……”

“这个您放心。”颜小莉本想对黄蔚妮说，我也有件事儿想跟你谈一谈，但她咬了咬嘴唇，还是没说出口。

黄蔚妮却突然咯咯一笑，情绪转变之快，像被一只电灯开关操控着：“还有个小事儿，我倒想听听你的看法呢。”

“您说。”

“尹珂东和徐耀斌这两人怎么样？别深琢磨，只需要说你的第一感觉。”

“都挺好。”

“好在哪儿？”

“有钱……徐耀斌比尹珂东更有钱吧？”颜小莉的脑子里充满了嗡嗡响的杂音，连那两个男人到底谁是胖子谁是瘦子都记不清楚了。

“俗了，颜小莉你要这么想就俗了。”黄蔚妮嘴上奚落她，音调里却透出一股难以压抑的欢畅，“关于他们俩那点儿破事儿，我回头再跟你讲吧——昨天我没睡好，今天晚上还被总经理抓差，要去参加一个酒会，所以明天中午帮我买杯咖啡提提神吧，还是拿铁。”

黄蔚妮挂了电话，又把颜小莉抛回没着没落的空旷之中。看来黄蔚妮是没有看见卡车撞到人的，没有看见虽然并不意味着没有发生，但在自己也尚未确定事实的情况下，却足以降低撞到人的概率。颜小莉像说绕口令一样宽慰着自己。而且你看人家黄蔚妮是怎么活的，工作、狗、男人，三条战线同时作战却都处理得轻车熟路、游刃有余。难怪人家是黄蔚妮，而你只配当个颜小莉。

但颜小莉终究不是黄蔚妮，羡慕也没用，学也学不来。到了晚上，她又开始失眠了，白天已经从脑子里赶走的镜头，再次颠三倒四地浮现出来。简直像个主打午夜恐怖片的电视台，你越怕什么它越要播什么。这一次的心理负担更加沉重，颜小莉只觉得脑子里面有根锈迹斑斑的锯子在来回拉扯着，再锯就要断了，却总也锯不断。

这件事必须得找人说说，哪怕是为了分担自己的压力也好。颜小莉做出这个决定，而她能找的人首先就是黄蔚妮。

5

第二天中午，颜小莉端着两杯咖啡，站在办公区等待黄蔚妮。已经过了午饭时间，黄蔚妮才从密闭的会议室里出来，化了淡妆的脸上带着一片愠色。她大概是又和设计部或者客服部的头头儿吵架了吧？这种事儿经常发生，但黄蔚妮有一项独门功夫，就是吵架挂相不挂心，转眼就能嘻嘻哈哈，嘻嘻哈哈完了马上又能接着吵。

果然，黄蔚妮从颜小莉手里接过咖啡，立刻眉开眼笑："还是你贴心，咱们的售后要是能做到你的一半儿，也就不会天天被客户追着骂了。"

这话是说给客服部的经理听的，那男人气鼓鼓地哼了一声，扭着水桶腰走开了。

颜小莉问黄蔚妮："您要不要吃点东西？现在咖啡厅还有咖喱饭。"

"不吃，让他们那些人气也气饱了，正好减肥。"

这也是黄蔚妮的独门功夫之一，越忙越不饿，越不吃精神头越旺盛。于是俩人坐到休息区的沙发椅上，各自捧着塑料杯吮咖啡。

哪怕是给黄蔚妮添乱添堵，哪怕被黄蔚妮说成"脑子秀逗了"，昨天计划好的话该说还得说。毕竟，那有可能是人命关天的大事儿啊，凭什么憋在心里，由自己一个人承担。颜小莉这么鼓励着自己。

但说的时候又得讲究策略。一惊一乍地宣布"出人命了"，反而会让黄蔚妮觉得自己是在信口雌黄。于是还是从狗说起：

"那天救下来的狗，已经在动物保护中心了吧？"

"是啊。保护中心的车来的时候，你不是看见了吗？”黄蔚妮说。

“以后它们会被送到哪儿去？”

“能联系上主人的联系主人，联系不上的只好另找人家。”

“唉……可惜麦克黄不在车上。”颜小莉看了一眼黄蔚妮，略微加重了语气，“那些狗贩子也真可恶，偷了人家的狗还敢顽抗，还敢逃跑，而且居然还是无证驾驶——假如出了车祸可怎么办？”

黄蔚妮阴着脸没接话，看起来是又沉浸在对麦克黄的思念中了。

颜小莉又跟上一句：“多险啊，万一要是车翻到了山下去，或者撞到了什么人……”

黄蔚妮拿眼睛挑了挑颜小莉：“你别胡思乱想了——自己吓自己。早知道你这么胆儿小，那天就不该叫你去。”

“我不是胡思乱想！”颜小莉脱口而出，但又顿了一顿，声音急剧地衰弱下去，“蔚妮姐……有件事儿我不知该讲不该讲。”

“讲吧。都拐弯抹角说到这份儿上了，不讲不把你憋坏了？”黄蔚妮终于以认真的姿态面对颜小莉了。

“我亲眼看见……可能真撞到人了。”颜小莉的嘴巴反倒不利索了，刻意矫正了几个月的前后鼻音不分又暴露了出来，“当然，不是咱们的车撞的，更有可能是我看错了……你知道，我的眼神儿一向不太好的，连现代和本田的车标都认不清……”

她终于把在脑海中反复萦绕的那一幕描述了出来，尽管语无伦次，但一五一十。讲完之后，颜小莉的心情果然轻松了许多，看来天塌下来，就是得找个高个儿来一起分担。她咕咚一声，咽了口已经变冷的咖啡，眼巴巴地望着黄蔚妮。

黄蔚妮的反应却是毫无表情，但眼睛瞪得更大了，又在太阳穴上绷出了两条淡青色的血管。她和颜小莉对视片刻，平静地开口：“你一定是看错了。”

“可我明明看到卡车拐弯的时候，有一件红衣服……”

“你怎么确定那是红衣服而不是红布条、红油漆、红塑料袋呢？”黄蔚妮说，“你说过你眼神不好的。”

颜小莉立刻积极地点起了头：“是啊，那些山上的农民就是喜欢乱扔垃圾的。”

“所以说你就是自己吓自己嘛。”黄蔚妮更加笃定地说，“当时我也坐在车里，从我的角度看过去，可什么都没有发生——什么都没有。”

那天和黄蔚妮谈完，颜小莉一度有了如释重负的感觉。黄蔚妮都没有看到嘛，没看到就是没发生。她反复在心里强化着这个想法，并且尽力使自己像黄蔚妮一样平静、干练、自信。这个世界上的确会有意料之外的惨剧发生，但发生的地点都是电视新闻里那些正在打仗或者暴乱的动荡地区，或者是突然遭受地震和海啸的灾区，再或者就是像颜小莉老家那种贫困荒凉之地——她记得，以前邻居家有个孩子，父母都出去打工了，爷爷奶奶又管不住，就任由他满世界地瞎跑瞎转，结果有一天从附近厂矿的煤堆上滚下来，被活活埋在里面了。而如今颜小莉已经留在了北京，在东三环最繁华的地区上班，接触的尽是如同从时尚杂志上剪下来的人物，身处这种环境中，她的生活理应变得光鲜亮丽、稳固安宁，不是吗？

因此下班的时候，她的脚步重新变得轻快而有弹性，脸也仰了起来，璀璨地迎向地铁站外那片聚积了新一轮雾霾的灰蒙蒙的天空。回到三居室里的小北房，她还特地给自己叫了一份大号的红烧鸡腿饭，坐在电脑前一边看台湾综艺节目，一边响亮地吧唧着嘴，犒劳自己因为茶饭不思而受了委屈的胃。跟黄蔚妮吃饭的时候，她是从来不敢吧唧嘴的，并且把吧唧嘴的罪恶转嫁到了前男友的身上，但黄蔚妮又怎么能了解，吃饭吧唧嘴其实有多么畅快、多么尽兴啊。

然而这样的好状态仅仅持续了几个小时。“那一幕”被从清醒的状态中驱逐了出去，却从梦里钻了出来。刚刚入睡不久，颜小莉就梦到自己回到了营救麦克黄的那天上午：刹车、转弯、摇晃的蒿草、漫天纷飞的狗、被卡车撞下山坡的一团红色。而这一次，她还清晰地看到那团红色就是一件化纤运动服，半新不旧，松松垮垮，衣领上方是一张充满惊惧的孩子的脸。

颜小莉噌地从床上坐起来，满身是汗，大口喘气，如同刚和什么人进行过一番殊死搏斗。黄蔚妮说没看见，就能等同于没发生吗？要知道，虽然当时两人都坐在车子的前排，但驾驶席和副驾驶席的视野不尽相同。再说黄蔚妮正在紧张地开车，因为山路的陡峭而自顾不暇，她凭什么那么斩钉截铁地替颜小莉的眼睛和记忆做主？

而一旦惊醒，就再也睡不着了。假如说麦克黄的丢失是黄蔚妮的心病，那么山上的那一幕就成了颜小莉的心病，并且她病得比黄蔚妮要深重得多。要想除去这块心病，光跟别人商量是不够的，颜小莉必须亲自做点儿什么。

第二天，颜小莉破天荒地请假了。她捏着鼻子给后勤部门的主管打了电话，谎称自己患上了严重的感冒。前台虽然是最微不足道的职位，却是实打实的一个萝卜一个坑，上司自然满腔不乐意。于是颜小莉又抬出了黄蔚妮，说是没穿外套就去替蔚妮姐买咖啡才受了风寒。好说歹说，总算磨出了一天的假期，颜小莉出门坐上了一辆 9 字头的长途公交，再次去了昌平。

那天拦截卡车的路线倒还记得清楚，只是开到国道入口，公交车就要往另一个方向去了，附近又再找不着其他站牌，颜小莉只好一咬牙，花一百块钱雇了辆咣咣乱响的黑车，沿着国道一路向北行驶，她把头靠在车窗上，两眼死命辨认着每一条岔路，认错了一次又掉了两回头，这才终于拐上了卡车司机曾经夺路而逃的那条盘山道。

但还没往上开出多远，已经满嘴唠叨的黑车司机却停下了车，死活不肯再走了。他指指坑坑洼洼的山路，说路况太差，他那辆夏利本来就很旧了，硬开上去没准儿会散架。司机又说，这条路以前是从山里往外运石料的，现在早已废弃不用，一个小姑娘非要往这里去做什么。颜小莉只好付钱下车，徒步往山上走去。

那天风驰电掣坐了几分钟的车，如今换成两只脚，却足足走了一个多小时。山景本身是称得上俊秀的：嶙峋瘦骨，长满了苍翠的松柏，不时有飞鸟和松鼠一类的动物在林间惊起，花岗岩被日晒雨淋有了近乎橙黄的颜色……但因为揣着一个噩梦，颜小莉也没心思驻足观望。她气喘吁吁地爬到一处突兀的弧形弯道，望见了路边的那一蓬蒿草。

没错，就是这里。颜小莉再次确认了一遍之后告诉自己。她壮着胆子走到道路外侧，看见下面是几米深的一道山沟。身边的蒿草中，有几株断了头，只剩下风干了汁液的草秆。该不会是有人落下去时情急之下拽断的吧？这个念头让颜小莉的心狂跳起来。而几秒钟之后，另一个发现更是让她眼前一黑。

那是一只白色的运动鞋，歪斜着躺在山沟深处的两块碎石之间。这么说来，除了那天追车的当事人之外，这地方的确是有过其他人出没的。在“一定要把事实弄清楚”的冲动下，颜小莉鼓足了气力，弯下腰，扒住岩石突出的棱角，一步一试探地往山坡底下爬过去。

这样的举动对于电视里的攀岩运动员来说算不了什么，但对于习惯了在前台后面一坐一整天的颜小莉而言，就是充满危险的挑战了。爬到一半，她忽然岔了气，肋骨下面一阵生疼，然后手一滑，像只掉下桌面的猫一样四肢乱挠着坠落在泥土地上。幸亏就势打了个滚，并没有听到咔嚓的骨头断裂声，但再挣扎着爬起来时，身上的衣服已经没有一处干净的了。

她顾不得许多，跑过去捡起那只鞋。国产品牌“361度”，30码，橡胶鞋底的花纹磨损严重。颜小莉记得自己八九岁的时候，也穿这个尺码的鞋，并且也是底儿都快磨破了家里才给买新的。为了早点儿换一双新鞋，她还在上学下学的路上故意用脚底摩擦地面，她妈妈发现了，就揪着她的辫子狠狠地掐她的脸。那么手里这只鞋的主人身上，究竟发生过什么呢？颜小莉抬头看了看头顶的公路，把自己的记忆加了进来，试图糅合成一幕完整的坠山过程，却只觉得慌乱不堪，整个儿心思都是空的。

就这么发了许久的呆，她才被一股回旋的山风吹醒。两人多高的土坡，是不可能再爬上去了，好在坡底还有一条弯弯曲曲的小径，通向刚才走过的那段公路。颜小莉忍着周身的酸疼，在杂草丛中缓缓地行走着。她想的是顺着公路找到山里的村镇，最好有个派出所什么的，那样就可以打听到最近有没有孩子受了伤。

但假如真有，而且恰恰是被车撞下来的呢？她敢承认自己也是事故的当事人之一吗？对于这个问题，颜小莉是不敢触及的。

回到公路上，拐过那个大弯，又往上走了十来分钟之后，颜小莉终于碰到了一个人。那是个三十多岁的农妇，黑而糙的脸，像被烟熏过的腊肉，背上背个竹筐，筐里半满不满地装了些酸枣。来的路上，颜小莉见过有人在路边摆摊卖这东西。

两人照面，似乎都是一惊。颜小莉随即意识到，那只旅游鞋还拿在自己的手上，而对面的女人正直勾勾地盯着它。

女人向她开了口，说的却是一嘴河南话："你做啥呢你？"

"什么也没做。"

"我问你拿俺家娃的鞋做啥？"

颜小莉脑袋里轰隆一声，她痴了一般，把鞋递过去：“捡的。”

女人接了鞋，往背后的筐里一扔，掉头往山上就走。颜小莉鼓了一口气，追上去：“这鞋是你家孩子的？”

“对。”

“你家远吗……我刚才摔下去了，想洗洗手，最好能再给我口水喝。”

女人没说话，继续爬坡。颜小莉像吃了一瘪，脚步不由得畏缩地停下来。但还没落后多远，她便看见那女人转过身来：

“跟着。”

盘山道一路向上，不多久，又分了一个岔。往左走，就是那天卡车逃窜的方向，颜小莉知道那里是断路，而女人却背着筐走向了右边。复再前行两里，一圈低矮的院墙从路边的树丛里露了出来，院子里是两间红砖瓦房，看起来摇摇欲倒，房顶上盖着一块塑料布。

跟着女人进去，颜小莉见到了那个名叫郁彩彩的九岁女孩儿。

女孩儿躺在窝棚板的偏屋里，身下是一张砖头和木板垫成的床。她瘦小的身体上到处是伤：额头上扎着一圈纱布，一边一块农村红的脸蛋上涂着大团的紫药水，右手虎口缝了几针，手指头上尽是凝结的血痂；最严重的是左腿，裹着厚厚的一层石膏，翘起来，挂在从房梁垂下来的布带上。虽然屋里光线昏暗，但颜小莉还是看清了女孩儿身上穿着一件暗红色的运动服，以及女孩儿有一双大而明亮的眼睛。

颜小莉正不知所措，农妇已经端了一盆水来，放在小院当中。颜小莉蹲下去，用力地搓洗自己的脸，仿佛如此就能遮住煞白的脸色。洗完了，一只搪瓷缸子便递了过来。她小口抿着热水，尽量不让嗓音打战，装作随意地和对方聊起来：

“孩子怎么受伤了？”

“让车撞了，滚到沟里了。”

“哪天的事儿？”

“上礼拜六。小人儿在家待不住，非要到山底下的学校参加课外活动，走到一半就碰上了车。那路平常是没车的，山那头修了隧道。摔下去腿就折了，动不了，号到晚上，才被赶羊的人听见了。”

“骨折了也没住院？”

“花不起那钱。外地人，又没单位，在北京没医保。”

“腿没大事儿吧？”

“打了钢钉接上了。但说膝盖也伤着了，有块小骨头碎了，得换个零件。一个羊拐子似的铁疙瘩，说是进口合金的，大概要三万块钱。我们哪有这钱？她爸以前是采石场的工人，给老板放炮炸山，后来政府把场子封了，只能再找活计。上半年被一个山西的矿上雇了，说过去先干一段，等稳下来再接我们。”那女人的脸一直木讷着，但一说到自家的事情，就浮现出了苦楚的神色。她的每句话都很短，句子与句子之间留有很大的空隙，颜小莉每每以为她要说完了，下一句话却又突兀地蹦了出来。进而又说到了女孩儿的父亲干活儿辛苦而且危险，有两次碰上了哑炮，正想过去查看，突然就响了，幸亏人离得远才没有送命；还说到女孩儿在学校念书不怎么样，跟不上北京的课程，学校警告她说要取消她的借读资格；又说今年野酸枣倒是不少挂果，拿到国道边上卖给郊游的城里人，一斤可以赚上七八块钱，可这生意只有周末能做。

颜小莉又把话头转回女孩的腿上：“如果那三万块钱的零件不换……会怎么样？”

“腿吃不住劲，就变成拐子了。”女人简洁地答道。

两人说话时，女孩儿就躺在门后静默地听着，不言不语。

颜小莉终于问出了那个最让她提心吊胆的问题："被车撞的时候，有没有看见车牌号什么的？"

"车开得太快，根本没看见。也报了警，可警察就说让等信儿。"

女人说完，院子里忽然安静下来。颜小莉本来觉得可以松一口气的，但她的心却反而悬了起来，同时感到一阵难以忍耐的酸楚。她下意识地将手伸到口袋里，上上下下地摸，最后只掏出两百来块现钱，一把塞进女人的手里："拿着给孩子买点儿吃的吧。"

"你这是干吗？"女人的声音高扬起来，"咱们又非亲非故……"

"我是孩子学校的老师。"颜小莉扯谎，"就是山下的镇上那所……"

女人念叨了几句，总算把钱接了，又抹了两把眼角。而这时，女孩儿的嗓音却清晰地传了出来："您是老师，我怎么从来没见过您？您教几年级？"

“我刚分配过来，也没见过你呢。”颜小莉答道，接着问了女孩儿的名字。

女人又进屋拎出暖壶来续水，颜小莉却已经趁着这个空当，恍恍惚惚地出了小院，顺着原路往国道的方向走回去。天已正午，阳光普照，松柏与杂草都闪耀着油脂一般的绿光，但这景象在颜小莉看来，却是苍凉而凄楚的。以前在历史课本上学过，北京北部的山区自古以来就是战场，只要越过这道屏障，少数民族就可以畅通无阻地跃马中原，因而几次著名的惨烈鏖战都发生于此。现在，颜小莉的心里也打起了一场战争。

6

既然事实已经很清楚了，那么现在，纠结在颜小莉心里的问题也一目了然：那个“间接与她有关的责任”，负还是不负？不负当然可以，女孩和她的家人至今不知道撞人的汽车是哪儿来的、谁开的，因此她和所有参与追逐的人都是安全的。况且就算要负责任，她颜小莉负得起吗？工作不满一年，工资仅高于保安和清洁工，每月除去租房子和吃饭、坐车的花销，能省下几百块钱都是万幸。想想存折里那个上下波动却长期没有质的飞跃的四位数字，她所要考虑的就不只是趋利避害，还有量力而为了。

然而理智地想要“把这事儿翻过篇去”，颜小莉却发现自己根本做不到。新的场景又开始在她的脑海中反复回旋起来，这时就不是撞人的那一幕了，而是那女孩儿闪烁着一双大眼睛，挂着沉重的石膏，躺在阴暗的小平房里的样子。她叫郁彩彩，九岁，在山下的某所小学借读，上五年级，来北京已经三年，从没去过天安门和王府井，最爱吃麦当劳的薯条但迄今只吃过两次，一次是跟她妈妈去昌平城区卖柴鸡蛋的时候，另一次是她爸出车带回来一包。这些信息都是她妈妈拉拉杂杂地告诉颜小莉的。一旦对某个人建立起了琐碎而生动的印象，你就没法觉得这人与自己无关。通过郁彩彩，颜小莉还一发而不可收地回忆起了自己小时候。在八九岁的年纪，她们是一样瘦，一样脸上挂着农村红，一样怯生生的沉默寡言。谁又知道十几年后的郁彩彩会不会变成另一个颜小莉呢？但她的腿如果真的拐了怎么办？颜小莉还听郁彩彩她妈提过一句，要给膝盖安装那个合金零件，是有时间期限的。如果两个月后损伤定了形，就算花多少钱也补救不回来了。一个拐子，就算上了大学又能干什么？站在前台，人家还会以为台面歪了呢。

颜小莉不仅失眠，还开始了头疼。疼痛来无影去无踪，疼起来连气都喘不上来，同时眼前一片一片地冒金星，简直像在放礼花。好几次正在前台端坐着，她突然就弯下腰去，用指关节死死地顶住太阳穴，嘴里呜咽出来。路过的同事问她怎么了，她还得立刻挤出一脸笑，说自己在捡东西。

在这种情况下，颜小莉第一次深切地后悔起来。她想，如果那天没去参加营救麦克黄就好了。说起来，她还和狗有仇呢。家乡那种小地方的狗和北京的狗可不一样，基本上都是其貌不扬的土狗，既脏又野，而且因为食物匮乏，往往激发了狼的天性。记得上初中的时候，一天颜小莉骑自行车上学，突然从巷子里冲出一条黑狗，朝着她的小腿就是一口，血淋淋地扯下一块肉来。虽然被同学第一时间背到医院去打了针上了药，但伤口至今蜿蜒在她腿上，令她夏天也不敢光着腿穿裙子。既然如此，她为什么还要答应黄蔚妮？她知恩图报得还不够多吗？干吗这种事儿也要上赶着掺和？

颜小莉，你贱啊你。

而所有的前思后想，又归结为一个决定：这件事情还得找黄蔚妮谈一谈。在北京，她只认识黄蔚妮一个人，对于颜小莉来说难如登天的事儿，对于黄蔚妮就变成了小菜一碟。她想起黄蔚妮向她展示过一块卡地亚“蓝气球”手表，光那东西就不止三万块钱呢。

但恰好在这个时期，颜小莉发现，黄蔚妮对自己的态度变了。数一数，她已经几天没和黄蔚妮说上话了？自从上次谈话之后，黄蔚妮上下班经过前台，就不再和颜小莉笑着打招呼了，而是径直昂首快步经过。她也不再找颜小莉一起吃饭，周末更不会打电话叫颜小莉出门了。就在今天，颜小莉买了黄蔚妮加班之后照常要喝的咖啡，等在销售部办公室门前想要送给她，黄蔚妮却朝外面瞥一眼，立刻就转身回去，再也没出来。

黄蔚妮烦她了？不把她当朋友了？还是因为她贸然说了有可能撞到人的事情，把黄蔚妮吓到了？颜小莉只觉得心里一寒。然而她终究无法像黄蔚妮对她视若无睹一样，对郁彩彩的那条左腿视若无睹。于是这天下班之后，颜小莉特地没走，像尊泥像似的站在前台后面，等候黄蔚妮。

管理层还在开会，已经过了八点钟。其间有人出来抽烟透气，还有外卖公司的人把十几份日式“定食”送进去。颜小莉饭也没吃，怕的是出去一趟再回来，黄蔚妮已经走了。就这么一直耗到了九点，门里的会议室终于轰然一响，总经理和几个高层人物簇拥着一个外国老头儿走了出来。颜小莉立刻溜了进去，远远地就看到黄蔚妮一边和人谈笑，一边吩咐销售部的人把做演示的电子投影系统关掉。

一歪头，黄蔚妮看见了颜小莉，但仍然没跟她说话，扭身往卫生间走去。颜小莉咬了咬嘴唇，埋头追上去，一边追，一边朝那个窈窕的背影喊道：

“蔚妮姐，蔚妮姐。”

几乎要追进卫生间，黄蔚妮才蓦然回过头来，脸上冷冷的：“有事儿吗？”

“那天的事儿，我还想再和你说一下。”

“什么事儿？”

“救狗那天，卡车的确撞到人了。我还去过被撞的孩子家里，她叫郁彩彩，才九岁。如果您不相信我，我还可以带您也去看一下……”

“你别来烦我了好不好？”黄蔚妮的眉毛突然挑起来，声音尖厉地上扬，“什么狗啊狗的，你知不知道我现在在忙什么？知不知道这个项目对公司有多重要？知不知道我现在的每一分钟每一秒钟值多少钱？我有工夫管你那些破事儿吗？”

颜小莉哑口无言。这时，后勤部门的负责人恰好从卫生间出来，立刻甩着一双湿手赶过来，呵斥颜小莉："你怎么回事儿？说闲话也得有时有晌，知不知道现在是特殊时期？"

然后堆了笑安慰黄蔚妮："蔚妮，你别生气，回去好好休息，明天还有个会呢。"

"管好你手底下的人。"黄蔚妮撇下这句话，连卫生间也没上就走了。

上司又把颜小莉揪到办公室里好一通骂，说得她的眼泪没忍住，汩汩地流了出来。公司的业务部门拿后勤的人发邪火，这是再常见也没有的事情了，销售副总指责一个前台，更是天经地义。以前还有别人对颜小莉做过更鄙夷、更欺负人的事情呢，她也都忍辱负重地扛了下来。但这次不一样，和她翻脸的是黄蔚妮啊。颜小莉只觉得心里堵得慌，一团愤懑像包在纸里的火一样燃烧、膨胀。她再也按捺不住，和上司拍了桌子：

“你不了解情况就别乱说好不好！”

上司愕然，随后暴跳起来：“你还想不想干了？”

颜小莉却耸着肩膀，像只斗架的公鸡一样走了出去。次日上班的时候，她只等着上司来通知她收拾东西走人。事实上，她已经为自己的失态而后怕后悔了。新一轮的大学毕业季行将结束，今年的就业形势更加惨烈，听说就连海归都不好找工作了。如果失业的话，她一个被炒了鱿鱼的前台又能干什么去？她那点儿积蓄又够坐吃山空几个月的？

但一整天却都风平浪静。没人多看她一眼，大家继续把她等同于摆在公司门口的那几柱盆栽——还不是富贵妖娆的蝴蝶兰，而是其貌不扬的巴西木。又过了两天，颜小莉才听说，自己能够躲过这一劫，仍旧是多亏了黄蔚妮帮忙。上司本来是卖乖献好，向黄蔚妮表示，决不让颜小莉留到下个月初的，没想到黄蔚妮淡淡地回了一句：“人家小孩儿不是干得挺好的吗？比你以前挑的那几块料强多了。”还专门叮嘱，千万别拿那天晚上的事情小题大做，毕竟大家都在精神紧张的状态，都有责任。

这么说，黄蔚妮还是念及交情的。照理颜小莉应该感动，甚至应该再洒下两滴涌泉相报的热泪。但这次也不知是怎么回事，她只觉得心里怪怪的。异样的感觉如芒在背，如鲠在喉，如九岁女孩郁彩彩膝盖里的暗伤，看不见，却抹不掉。

心里的战争还在硝烟弥漫，颜小莉又想到了那天见到的两个男人，尹珂东和徐耀斌。

追击运狗的卡车时，除了黄蔚妮和她自己，在场的就是这两个人了。况且他们还是表现得最积极、最疯狂的，尤其在山路上，恨不得要把对手挤下悬崖方能后快。如果不是他们穷追不舍，卡车司机也就不会被迫以那么快的速度转弯，不会留意不到路边有人了吧？假如要负责任，尹珂东和徐耀斌比黄蔚妮还要难辞其咎。如此一想，颜小莉便再次燃起了希望，她掏出屏幕都磨花了的国产手机，划拉起电话本里的人名来。

只找到了尹珂东的。那天从昌平回到城里吃饭时，只有尹珂东还算活泛，并且和颜小莉互留了电话。而徐耀斌压根儿没理她，那副脸色，恨不得把她当成黄蔚妮家的小保姆了。趁着公司里的人都在忙，颜小莉躲进卫生间里，拉上隔扇，谨慎地按下了拨号键。

响了几声没通，片刻变成了“您所拨打的电话无人接听”，颜小莉只好挂了电话往外走。但才走到走廊，电话就响了起来，正是尹珂东的回拨。颜小莉赶紧冲回卫生间，重新把自己封闭在几张木板之间，像秘密接头一样“喂”了一声。

“小颜吧？有事儿吗？还是蔚妮有事儿找我？”尹珂东居然记得她。当然，这要拜智能手机发送名片的功能所赐。

颜小莉称对方为“尹主任”，首先为自己的冒昧表示道歉，然后又拿出了那天和黄蔚妮喝咖啡时的策略，试图从狗的事儿迂回到人的事儿上。她倒是好意，怕对方一时接受不了事实真相。

尹珂东却打断她："我刚开完一个会，又有几篇稿子要审，你还是有事儿说事儿吧。是不是狗找到了，要不就是狗死了？"

"跟狗没关系。"颜小莉吁了口气，尽量平静而郑重地把撞人的事情说了出来。

尹珂东果然沉默了，半晌才说："真的假的？我怎么没看见？"

"也许您正忙着开车，就没往路边瞧吧。但的确是真的，我还去了那女孩儿家……"

"你还去她家了？"尹珂东低声叫了起来，"那你说什么了没有？"

"没有……"

"那还好。"尹珂东喘了口粗气，沉吟半晌，"这事儿是有点儿棘手。"

"所以我才来问您啊。"

“恐怕还得实地调查一下再说。”

尹珂东没有像黄蔚妮一样矢口否认并且置之不理，这就是一个好迹象。颜小莉立刻请他确定“实地调查”的时间。

当天又是周五，两人便约好了周六早上见。第二天，颜小莉乘地铁四号线，在宣武门换乘二号线前往崇文门外的幸福大街。北京几家有名的报社都在这一带。刚从地铁站出来，就在约定的路口看见了尹珂东的奥迪车。上车之后，尹珂东阴沉着脸，像是一只放冷了的金砖面包，嘴却不停不歇，反复询问着颜小莉所目睹的一切，就连她自己曾经坐的那辆黑车的司机是本地人还是外地人这样的细节都没有放过。这大概是新闻记者的职业习惯吧，颜小莉这样认为。

而半个多小时以后，当车越来越接近那天拐上山去的岔路口时，尹珂东突然闭了嘴。他往前伸着脖子，歪着脑袋，朝道路的斜上方一个劲儿地打量。

颜小莉提醒他，路口开过了，尹珂东却不搭腔，掉头向南再掉头向北，又是那么伸着脖子歪着脑袋，把两公里长的一段国道巡视了一遍，才终于驶出主路，往山上驶去。这次上山，他就把车开得极其小心了，简直是走走停停。

接近出事的弯道时，颜小莉说："就是那里。"

尹珂东停下了车，揉了揉因为一直保持着鹅的姿态而酸痛的脖子说："不用看了。"

"被撞的那个女孩儿家就在上面不远……"

"我说不用看了。"尹珂东嗓音浑厚地说，"我已经确认过了。"

"您确认什么了？"颜小莉狐疑地扭过头去。

"从岔路口到山上，一路都没有摄像头。"尹珂东说，"也就是说，没人知道我们曾经追车追到这里，更没人看到那天的事故——假如你说的是实话。"

原来尹珂东所说的"实地调查"，指的是这个。那么他做得可真够缜密、真够专业的。颜小莉豁然睁大眼睛，惊诧地盯住了对面那张白白嫩嫩的胖脸：“我说的当然是实话。”

“这可就不好说了。”

颜小莉的口气有了一丝恼怒：“您的意思是我在骗您？我为什么要骗您？”

尹珂东却和蔼地笑了，他把一只胳膊搭在奥迪车的门框上，换了个更加舒服的坐姿，然后用一种循循善诱的口气对颜小莉讲解起来：“小颜你别激动，我当然不是说你在骗我。我的意思是：一件事情到底有没有发生过，那是要由证据来决定的。警察办案得讲证据吧？没有证据不能乱抓人。对于我们做新闻的，证据就更重要，没影儿的消息胡乱发出去，惹出的乱子更大。我们甚至可以说，一件事如果没有确凿的证据支持，那么就相当于没发生过。你所说的那场车祸，其实就是这种情况。你硬说那天撞了人，但我怎么没看见啊？还有黄蔚妮和徐耀斌，他们怎么也没看见啊？可见主观证据本身就不够充分，更重要的是，客观的证据也不具备，那就是我刚才说的摄像头……”

“可那孩子断了一条腿呀，我亲眼见的，我亲耳听的……没钱治，孩子就残废了。”颜小莉打断他说。

听了这话，尹珂东似乎顿了一顿，能言善辩的嘴打起了磕巴。但他仍然像要把一篇发言稿念完似的，继续说道：“小颜……你年纪还太小，社会经验不丰富，好多事儿你根本不懂。首先，有路就有车，这条路虽然偏僻一点儿，但来来往往的车恐怕也不止我们那几辆吧？天知道你说的那孩子是被哪一拨儿过路车撞到的。其次，就算跟我们有关，但直接撞到人的并不是我们之中的任何一辆车，而是那辆卡车，卡车司机才是第一责任人，可他现在人呢？没准儿早跑了！他才不会蠢到故地重游自投罗网的地步。再次，如果我们承认了跟那起事故有关系，给那孩子出了治腿的钱，谁知道那家人会不会接着再要损失费、补偿金，那可就不是几万块钱的事儿了，而是十几万，没准几十万，这不就把咱们讹上了吗？我是做新闻的，这种事儿我听得太多了……”

颜小莉的心凉了下去，比原先听到黄蔚妮的矢口否认还要心凉。她再次打断他：“您别说了。”然后拉开奥迪车的车门，跳下了车。

尹珂东往她这一侧探过来：“你要干吗去？”

“你自己走吧，我不想坐您的车。”

“你别太幼稚了好不好……”尹珂东的胖脸涨红了，眼神仍然躲着颜小莉，“你让我来不就是问我该怎么办的吗？现在问题已经解决了，你还有什么不满意的？”

颜小莉犯倔似的梗着脖子，侧过脸去不看他：“把徐耀斌电话给我。”

“你要找他？行行，跟他说去也好，省得再来麻烦我……反正他有钱，高兴了随手就能甩给你几万。”尹珂东气哼哼地拉开汽车储物箱，拿出一张名片来，揉成一团扔过了窗户。

颜小莉弯腰捡起那团纸时，尹珂东的车子已经轰鸣一声，掉头往山下开去，扬起的尘土呛得她直咳嗽。她面无表情地展开名片，拿出手机，缓慢地拨了上面的号码。说实话，对于徐耀斌，她已经不再抱有什么指望了。那人给她的印象还不如尹珂东，更不如黄蔚妮，并且，谁知道他还记不记得自己这个人。

“谁啊？”徐耀斌的声音懒洋洋地传出来，周围还有嘈杂的音乐和喇叭鸣叫声。他大概在车里。

“徐先生，我们见过的。”颜小莉想了想，索性免去了自我介绍，径直问道，“一个多星期……确切地说是这个月的十号，星期六，您那辆保时捷的后视镜是不是被撞坏了？”

徐耀斌的声音警觉起来：“你什么意思？”

“我想告诉您的是，那天因为你们追车，还造成了另一起交通事故，有个小女孩儿被撞伤了，骨折，现在需要做手术……”

颜小莉像小学生背书一样，急切地交代着情况，但还没说到一半，就听见徐耀斌咯咯、咯咯地笑起来。她只好停下来，想等徐耀斌笑完。

徐耀斌却兴致勃勃地问："知道我想对你说什么吗？"

"什么？"

"去你妈的，滚你妈的，操你妈的。"那男人欢快地、尖声尖气地说出曾经在网络上风行一时的"三妈体"，随后咕咚一声，连电话都懒得挂断，就把手机扔到了一边。

他的车里有人问："怎么回事？"

"现在的骗子真够敬业的，编瞎话都编得有鼻子有眼。"徐耀斌的声音模模糊糊地传出来，"连我什么时候撞过车都知道。"

"那肯定是跟汽修厂的人串通好了的。"旁边那人说，"你开的是保时捷，对于骗子来说也是优质信息。"

“操，以后不去那家修车了。”

“操。”

保时捷里的音乐声被陡然调高，震得电话另一头的颜小莉耳朵都疼了。她茫然地听了好一会儿那个名叫 Fifty Cents 的黑人满嘴脏话的说唱，才茫然地挂了电话，抬头望着远方空旷、苍凉的山景。

7

颜小莉沿着山体踽踽攀登。来了第三趟，路早已走熟了，心里想着哪里该有块岩石，哪里果然有块岩石，哪里该有丛酸枣树，哪里果然有丛酸枣树。至于那个急而陡，下面就是几米深的山沟的拐弯，更是还没望见就在心里估算出了距离。过了拐弯走上一条岔路，就是郁彩彩家孤零零的小院了。

走到院门口，颜小莉的心又揪了起来。她害怕看到女孩闪着一双大眼睛躺在小黑屋里的景象。然而来都来了，她无法过门不入。院子里还是那么寂静，郁彩彩她妈妈蹲在墙根的空地上，规整着一小堆蜂窝煤，背影像一只正在挖洞筑窝的穴居动物。煤大概是从山下的镇上买来的，这两年，北京的农村也推行了煤改气，但山上散落的人家仍是顾及不了的。颜小莉叫了一声“郁婶儿”，女人回过头来，绽开了一脸的笑：

“老师又来啦。”

“正好路过，顺便来看看。”

“您太费心，又没教我们家孩子那个班……”

颜小莉瞥见门口的水缸盖上，放着一堆吃食：苹果、橘子、两箱牛奶，还有巴掌宽的一条五花肉。她便问：“孩子她爸回来了？”

“哪有，还在山西呢。”郁彩彩她妈妈说，“来的是过去采石场的同事，说是跟着她爸干过两天。不过我也没见过。”

正说着，就从屋后走出一个人来。矮胖的身材，两手沾满了黑乎乎的煤渣，锅盖头下顶着一张被晒得斑驳陆离的娃娃脸。颜小莉一眼认出，是那天开运狗卡车的那个司机。

胖小子迎面撞见颜小莉，也怔住了。两人紧张地对视，像一对心怀鬼胎的人正在用眼神互相试探。

郁彩彩她妈妈的心情却比那天见时爽朗了许多，她打了盆水吆喝胖小子洗脸，又沏了一碗碎末儿状的花茶请颜小莉喝。他们懵懵懂懂地被这女人摆弄到屋里坐下，一个攥着毛巾，一个端着茶碗，连讪笑也挤不出来。

等到郁彩彩她妈妈又出去忙活了，颜小莉才对胖小子开口："你怎么来了？"

"你怎么来了？"对方反问她。

颜小莉又问："孩子的腿……你知道了？"

胖小子仍是反问："你也知道了？"

"那天就看到了。"

"……我也是。"

屋里复归沉默。郁彩彩她妈妈洗了几个苹果送进来，又往外走去，说中午要给他们做饭，烙葱花饼："家里半年也不来客，今天一气儿来了俩，我还占着手不能陪你们……你们聊，你们聊。"看着她去院外的一畦菜地里拔葱了，颜小莉才重新和那胖小子说起话来。她问对方叫什么。

"姓于，于刚，你就叫我小于得了。你呢？"胖小子说。

恐怕不是真名，颜小莉想。哪个无证驾驶的肇事司机会向目击者坦白姓名呢？但她又想起了尹珂东的分析：哪个肇事司机会蠢到自投罗网的份儿上呢？而这胖小子偏偏来了——只不过像她颜小莉一样隐瞒了身份罢了。

"我叫黄……莉。"颜小莉迟疑了一下，给了对方三分之一的真名。

两人互相点了点头，仿佛知道了对方的称谓，心里就能踏实一些。然后不知是谁提议，他们一起站起来，走到偏房外，隔着一道半掩的木门看郁彩彩。女孩儿睡着了，头发披散在脸上，更衬得面无血色，嘴唇发紫。一条断腿还挂在从房梁垂下的布条上，随着呼吸的颤动吱吱呀呀地打晃。她睡得倒踏实，但看的人却越发心思凌乱：膝盖损伤，合金零件，三万块钱，拐腿……颜小莉仿佛再次看到了小时候的自己，一个处境更惨、运气更差的自己。她的心里忽然有什么东西豁然开裂，扯着那个自称于刚的胖小子回到院里，四下张望两眼，压低了声音问：

“我折子上还有六千，你有多少？”

于刚木然地回答她：“我没了。”

“真没了？你别骗人。”

“真没了。我骗你干吗，要有钱我早给他们了。”于刚像受了侮辱似的，气呼呼地说，“上次丢了客户的狗，老板扣了我两个月的工资……就算没扣也没用，离三万差远了。”

这句该是实话吧。颜小莉懊丧地用鞋底蹭着地面。除了懊丧，她心底还涌出一股厌恶的情绪，厌恶自己只是个前台，厌恶对面这个连驾照都没有的卡车司机，厌恶女孩儿郁彩彩必须得走几里山路才能到学校去。归根结底，她在厌恶他们共同的特点，那就是穷。而有了一个“穷”字打底，所有的纯良的、善意的、温情脉脉的东西都变成了自欺欺人。塞给女孩儿家人的那两百块钱是自欺欺人，摆在门口的肉和水果是自欺欺人，就连颜小莉和这个自称于刚的胖小子在此处不期而遇，也是自欺欺人。

这时，于刚却带着三分宣泄七分自怜，对颜小莉打开了话匣子。他说自己是赤峰人，两年前职高毕了业，就跟着堂叔出来跑长途，从内蒙古往秦皇岛拉煤。那活儿很苦，堂叔开夜车时爱犯困，一犯困就拿烟头烫自己的胳膊。为了能有个人替把手，他教会了于刚开车，路上碰到警察检查，两人就赶紧把座位换过来。然而从今年年初开始，拉煤的生意突然不好做了，煤矿减产，连窑主都有破产上吊的，于刚的堂叔便把车一卖，回家开了个小卖部，却把于刚推荐到北京的一个朋友那儿，在一个物流公司当装卸工。没过多久，物流公司的老板发现于刚车开得不错，便开始在司机人手短缺的时候给他派活儿。当然，因为他没有驾照，跑的都是“安全系数相对高”的短途。这么干了几趟，本来平安无事，可终于还是在替一个狗贩子送货时惹出了事端。

“早就想考个本儿的，可工资都没发下来，也没钱上驾校……你们把我拦住，我怕招来警察就慌了，慌了就只想赶紧跑，跑就不知怎么跑上了那条路……转弯的时候，我从后视镜里看见撞上了人，但更不敢停车……后来的几天，天天晚上做噩梦。今天壮着胆子来了一趟，找人一问，才知道真撞了，还是个孩子……可我眼睁睁地看着她那条腿，就是不敢承认自己就是那个混账司机，有几次话都冲到嘴边了，愣给硬生生地咽了回去……我是不是没用啊？”

于刚说着，伸出一双与娃娃脸很不相称的长满了茧子的大手，攥住颜小莉的肩膀摇晃起来。一边摇晃，他一边重复着，鼻涕先于眼泪流了出来：

“你说我是不是他妈的没用啊？”

颜小莉却一发狠，霍地挣脱了于刚的手，还推了他一个踉跄。然后她像负气一样，掉头就往外走。走出院门，正碰上郁彩彩妈妈攥着一把小葱几根黄瓜进来，问：“老师去哪儿？”她也不理，迎着无缘无故飞扬起来的尘土，直往山的更高处攀爬上去。她的步履飞快，喘着粗气，使得余光中的山石树木日光云朵颠倒着混淆成了一团，像小时候在邻居家看过的万花筒。这时她心里的念头只剩下了逃跑：既然没有财力应付那三万块钱的手术费，也没有心力面对郁彩彩的那条残腿，不逃还能怎么样呢？还在人家家里假惺惺地赖着干吗？

人家黄蔚妮、尹珂东和徐耀斌能够高度理智意志坚强，她颜小莉为什么不能？她之所以留在北京，不就是打定了主意想要变成他们那样的人吗？

太阳透过一棵树投下的光影一晃，她才发现自己想逃却逃错了方向。本来应该往山下去的，怎么倒走了上坡路？真是昏了头了。颜小莉揉了一把脸，有些疲倦地转过身来，却看见了于刚胖乎乎的身影。他一直不吭声地跟在颜小莉后面，这时才抬起胳膊，扬手向她打了个招呼。

于刚的脸色是尴尬的，或许还有一丝古怪的笑意夹在其中。他这么穷追不舍的，想要和颜小莉说些什么？是继续渲染自己的难处，求她千万不要把撞人的实情透露出去吗？或者干脆会威胁她，恐吓她，甚至在这荒无人烟之处把她灭了口？

无论是报纸上的法制新闻还是电视上的警匪片，都有过这种熟悉的情节。颜小莉不禁心惊胆战起来，身上也发起了冷。真是一步错步步错，人要是昏了头，那就只能自认倒霉。

没想到，于刚的手臂挥动了几个来回，忽然指向了颜小莉身后，脸上的表情变得比颜小莉还要紧张：“当心——”

颜小莉一凛，下意识地回过头去，看到一团毛茸茸的东西朝自己疾奔过来。那是一条狗，硕大而强壮，浑身的毛脏兮兮地打着绺。小时候被狗咬过的记忆立刻浮现了出来，颜小莉本能地尖叫了一声，但随即却发现那狗分外眼熟：一只成年的拉布拉多犬，黄白相间，目光友善，脖子上挂着一条红项圈。那是社区叼飞盘比赛亚军的奖品。

“麦克黄！”颜小莉叫道。

麦克黄一跃半人多高，亲热地伸出舌头，在颜小莉的手上舔了起来。

8

那个计划在颜小莉的脑海中迅速成形，但她犹豫着，没有立即付诸行动。

那天他们还是回到小院儿，在树荫下吃了葱花饼。于刚毕竟是个小伙子，人又胖，所以尽管愁眉苦脸，却不影响饭量。他一人吃了脸盆大的一张饼，仍然眼馋地盯着桌上所剩无几的两盘菜。郁彩彩她妈妈见状，忙忙叨叨着到鸡窝里去掏蛋，又把放凉了的饼端到饼铛子上去贴一贴。趁着这个空当，颜小莉用筷子敲了一下于刚面前缺了口的大海碗，指指在空地上奔跑撒欢儿的麦克黄，小声问：

“那天你把狗装上车的时候，有没有见过这一只？”

“狗都长一个样，我怎么记得清楚。”于刚摇头，但定睛看了两眼又说，“不过这只红项圈好像是见过的。老板还说这种狗一看就娇生惯养，如果不赶紧卖出去，没准儿会得病。”

那么麦克黄来历大概是弄清楚了，它还真是像尹珂东所说的，被狗贩子抓走，装上了于刚的那辆卡车。颜小莉记得卡车拐弯的时候，曾经把几只狗凌乱地甩出铁笼，落到了山坡底下去，麦克黄必定是其中之一。而它不仅没有摔断脖子和腿，还能在山野里流浪了几天之后恰好出现在颜小莉面前，这不能不说是一个小小的奇迹。也许正如黄蔚妮所夸耀过的，拉布拉多犬就是聪明，无论是求生能力还是认人能力都比一般的狗强很多。

“你们就是为了它才拦我的车吗？”于刚突然又有点儿气呼呼的了，瞪了一眼麦克黄。

麦克黄对他也没有好声气，前腿伏地，低吼了两声。

颜小莉小口喝着水，嗯了一声没再说话。

这时，女孩儿郁彩彩也睡醒了。她一眼看到麦克黄，喜欢得不得了，虽然下不了地，但还是一个劲儿地逗它，还把葱花饼掰成小块儿丢出门外。颜小莉记得，以前麦克黄是除了某个牌子的进口狗粮之外什么都不吃的，但如今尝过了挨饿的滋味，别说是油汪汪的烙饼了，就是馊了的残羹剩饭估计也吃得下去。它使出了空中接飞盘的技巧，上下雀跃着，每次都能将食物稳稳地接住。

郁彩彩她妈妈端着盘子出来，说了一声“糟践粮食”，又伤感起来：“孩子跟着我们住在这个偏僻的地方，也没个玩伴，闷坏了，才会一大早往山下的学校跑……”

“那就把它在这儿留两天吧，反正是捡来的。”颜小莉说。

郁彩彩惊喜地问："真的？我能给它起个名字吗？"

"我都起好了，就叫麦克黄。"

"干吗叫这个？我本来想管它叫红脖子呢。"

"一看就是城里的狗，得起个洋气点的名字……我又姓黄。"

"那行，就跟老师的姓。"郁彩彩咯咯笑了，低头叫，"麦克黄。"

麦克黄熟练地汪汪答应了两声。

颜小莉却突然放下筷子，站起来告辞。于刚正往一张饼里卷着鸡蛋，看到她要走，也只好声称自己还有事儿。郁彩彩她妈妈将他们送出好远，感激地叮嘱了几句"再来啊"，才慢慢地走回家去。留下两人愣神儿回望着，倒好像客人反过来要送主人似的。

于刚突然闷声问："狗你们不要了？"

"反正也不是我的狗。"

"那……咱们还来看孩子吗？"

“来，当然得来。”颜小莉回过神，不假思索地说。然后示意于刚掏出手机，要和他交换电话号码。

于刚紧张起来：“你该不是要向警察举报我吧……我知道我错了，不该无照驾驶，更不该逃跑，可我不能坐牢……我爹岁数大了，我娘身体不好，他们还指望着我赡养呢。要不我赔钱吧，现在赔不起将来赔，找着工作以后每个月的工资先给郁彩彩寄一半……”

“你就算说到做到，可也远水解不了近渴，到时候孩子已经残废了。”颜小莉呵斥了他一声，随后声音却缓和了下来，“看来你还真是不懂法——你跑不也是因为我们追你吗？算起来大家都有责任，谁都不是清白的。把你举报了我也得跟着交罚款，而且还得丢工作，我为什么要举报你？”

“那你要我的电话干吗？”

“有事儿想让你帮忙，不过现在还不能告诉你。”颜小莉说完，抬头望了望连绵起伏的远山。她想，她应该和黄蔚妮再谈一次。

又是一轮工作日。头两天，颜小莉没有见到黄蔚妮。公司的项目进入了冲刺阶段，国外的大老板亲自督战，相关人员都被关进了郊区的一家酒店。到了第三天，听说合同签了，百十号人一齐松了口气。等到做项目的人回来，开香槟的开香槟，摆花的摆花，比过节还要热闹。颜小莉站在前台，不住地往办公区里面打量。

令颜小莉出乎意料的是，她还没去找黄蔚妮，黄蔚妮倒先来找她了。中午公司包了家“金钱豹”举办庆功宴，颜小莉正端了盘子在角落里默默地吃，就看见黄蔚妮一边接受着同事们或真心或酸溜溜的祝贺，一边迈着相当招摇的步子朝她走了过来。两人对视了一眼，颜小莉固然有些尴尬，毕竟已经有日子没见过黄蔚妮的笑脸了。黄蔚妮却春风满面，不由分说地坐在颜小莉的对面，以闺蜜的口吻娇嗔地抱怨：

“这两天累死了。”

“您应该多休息……”

“就是个劳碌命。”黄蔚妮耸了耸肩，突然朝颜小莉凑近了两寸，“你找过尹珂东了？”

黄蔚妮的态度竟然来了个一百八十度的转变，主动谈起那件事了。颜小莉惊奇地迎着对方的目光，点了点头。

黄蔚妮继续问：“你还带他去了山上？”

“蔚妮姐，我不是成心要捣乱……”

“这个我相信。可你有没有想过，你那么做给我带来了多大的麻烦？麦克黄丢了，我心里本来就已经很难过了，公司的那个项目又忙得焦头烂额的。你倒好，不给我解忧，反而净给我添乱。”黄蔚妮既撒娇又责怪地嘟起了嘴，“颜小莉，咱们不是朋友吗？我对你也还算不错啊。”

“这个我明白……”

“但你表现得可不像个明白人啊。”黄蔚妮轻叹了口气，忽然握住了颜小莉的手，声音是动情而且娇滴滴的，“算人家请你帮个忙，那件事儿就这么过去了行吗？我不希望它影响咱们俩的关系，也不希望它影响到你的我的还有别人的生活。”

颜小莉和黄蔚妮对视着。黄蔚妮的眼睛清澈活泼，眸子明亮，眼角没有鱼尾纹，今天戴了蓝色的美瞳，配合着富有立体感的脸型，呈现出异域美女的风情。她有多大岁数了？对于这个问题，公司里流传着各种说法，有人说都快“奔四”了，有人说才二十五六。而黄蔚妮最让人佩服的本事，就是能用她那明星级别的保养和演技来掩饰年龄。在颜小莉看来，她有时干练冷酷得像个饱经沧桑的成人，有时又天真烂漫得像个未经世事的孩子，并且该干练冷酷的时候干练冷酷，该天真烂漫的时候天真烂漫，分寸时机拿捏得炉火纯青，分毫不差。这就叫“人精儿”，快成了精的人。

而现在的黄蔚妮处于哪一种状态呢？大概是两者之间的过渡环节吧。或者说，她想用天真烂漫来掩饰自己的干练冷酷。

但颜小莉却不能任由这场对话再被黄蔚妮主导了。时间有限，机会难得，她一定要把该说的都说清楚，否则黄蔚妮长袖善舞完了，心里受折磨的还是自己。

于是她突然问："到现在，您还确信自己什么都没看见吗？"

"看见什么？"

"就是救狗那天，在山路拐弯的地方……"

黄蔚妮却笑了，随即打起了机锋："这跟相信不相信没关系，也跟看见没看见没关系。"

"怎么可能没关系……就算你没看见，我可看见了！"负气的感觉又在颜小莉的心里翻涌起来，她平放在桌上的两手不自觉地攥成了拳头，几乎无法在这人来人往的环境中压抑住自己的声音，"不仅看见了，而且全都证实了！那可是一个活生生的孩子，才九岁，因为车祸，她的腿很可能会落下残疾……你们对狗都可以饱含深情，为什么对人却能漠不关心？蔚妮姐，这可就是良知的问题了。”

说出最后一句话的时候，颜小莉为自己的态度而心惊，但居然也有几分豪壮的快意。那么黄蔚妮会做何表示呢？她是会拍案而起，还是会以嘲弄的态度反唇相讥？在公司里，黄蔚妮的那张嘴可是从来没吃过亏的。但这一次，黄蔚妮却半天也没开口。她只是静默地看着颜小莉，忽然浮现出一丝苦笑来。接着，她站起来，对颜小莉说：

“到外面去吧……既然挑明了，那就索性说清楚。”

黄蔚妮说完起身就走，步履飞快。颜小莉的膝盖像条件反射，将身体弹了起来，跟随黄蔚妮走出了餐馆大厅。两人穿过曲折的走廊，来到一片空无一人的天台上。十层楼上的回旋气流立刻将她们裹挟了进去，耳边呼呼尽是风声。

黄蔚妮一直走到水泥护栏边上，才突然转过身来，拢了拢凌乱的头发，对颜小莉重新开口：“那天卡车撞人，我也看见了。”

颜小莉如同挨了一锤，脑袋里浩大地轰鸣一声。黄蔚妮看见了撞人这件事，她以前也有过隐隐的猜测，却无法确认，更没想到对方会毫不遮掩地对自己坦白了出来——语调还是如此平静。

这反而令颜小莉措手不及了：“既然看见了，那您为什么要装成什么事儿也没发生……哪怕和我再到山上去一趟也好啊。”

“去干吗？承认我们就是那起事故的罪魁祸首？你对我倒够大义凛然的。”黄蔚妮从鼻子里冷冷地哼了一声，“可听尹珂东说，你自己不也没承认吗？”

“那是因为我……没钱。但那些医疗费对你来说根本不是大数目，你一个包儿不都要两万多吗？”

黄蔚妮却像刚认识颜小莉一样，又仔细盯了她一眼："颜小莉，你是真傻还是假傻啊？"

"我不懂您的意思……"

"不懂没关系，我可以告诉你。你刚才不是提到了那个什么——良知吗？那好，咱们就说说良知。"黄蔚妮的脸完全阴了下来，彻底变成了那个干练冷酷的黄蔚妮，"颜小莉你得知道，良知这玩意儿也是有价码的，而且对于每个人来说，标价都不一样。对于你来说无非是几万块钱的事儿，但对于我来说，良知的价码就要高得多，已经不是区区一点儿医药费和赔偿金的问题了。我在外企干了十多年，换了几个公司，为了工作连婚都没结，一步步地从小业务员干到了副总监，完成这个项目之后马上就要升总监成为合伙人了——那么好，假如我如你所愿，在这个节骨眼站出来把这事儿扛了，而那家人又知道了我的背景我的身份，他们会不会要求我负担更多的责任？他们会不会到法院起诉我危险驾驶，到公安局举报我肇事逃逸，再到网上去诉苦，煽动一群好事之徒来‘人肉’我？而你也知道，咱们这种外资公司，从来是看重社会形象的，如果真闹到那一步，我的事业不就完了吗？这么高的价码我也负担不起啊。”

颜小莉无言以对。道理从黄蔚妮的嘴里讲出来，的确是情有可原、无可争议。不仅对于她，对于尹珂东和徐耀斌也是如此——假如那两个男人也看到了车祸的一幕的话。都说光脚的不怕穿鞋的，但人一旦穿上了鞋，从此最怕的就是打赤脚了。颜小莉不得不承认，自己并不比黄蔚妮他们“有良知”到哪里去，她只是还没得到什么也就无法失去什么，因此尚未具备人家的深思熟虑与高度理性罢了。

那么，她打算理解黄蔚妮、体谅黄蔚妮了吗？但黄蔚妮再有苦衷，比起马上就要落下永久残疾的郁彩彩来说，又算得了什么呢？黄蔚妮身上没有皮肉之苦，郁彩彩受的却是彻骨之痛。尽管没有黄蔚妮的话，颜小莉就得不到眼下这份工作，尽管黄蔚妮是颜小莉留在北京后交上的唯一一个朋友，但在黄蔚妮和郁彩彩之间，颜小莉只能选择后者。

她似乎无法控制自己。

于是颜小莉对黄蔚妮摇了摇头："蔚妮姐，再大的理也大不过天理，再重的事也重不过人命啊。"

黄蔚妮脸上的温度已经降到了冰点："颜小莉，你这人也太轴了。"

"不是我轴，是我实在看不下去……"

"看不下去的事儿多了，但你还是先想想你自己吧。"黄蔚妮强挤出一丝笑来，"顺便再跟你透个底，这次项目做下来之后，公司的业务会发生很大变化，以前的总监将要派驻上海，销售部会由我来具体负责，并且还要补充新鲜血液——趁这个机会，我可以把你招进来……"

从前台变成销售，这可谓是一步登天。如果是在几天之前听到这个消息，颜小莉一定会感恩戴德得恨不得把自己的心肝儿都掏出来，热气腾腾地捧给黄蔚妮。但现在，她看着对面那张漂亮得像假人似的脸，却读出了另一种意味。黄蔚妮的笑容似乎是诚恳的，但同时又是胸有成竹的，她仿佛看穿了颜小莉：你想要的不就是这个吗？你装腔作势满嘴良知之类的大词儿，不就是等着我开出一个价码来吗？

颜小莉的嘴唇发抖："你收买我？"

"也可以这么理解。"黄蔚妮毫不避讳。

颜小莉脑袋发晕，一股饱受侮辱的悲愤涌了上来，转化成表情却是充满挑衅的鄙夷："黄蔚妮，我看不起你。"

也正是这句话，让黄蔚妮彻底丧失了冷静。她的整张脸都扭曲了，右手扬了起来，像风中干枯的树杈一样挥舞，仿佛随时会一巴掌抽在颜小莉脸上。但她最终没有打下来，只是用手指指着颜小莉的鼻子说："看不起我？你有什么资格看不起我？别忘了，你的工作相当于是我给的，没有我，谁知道你在哪儿混着呢，没准儿都到燕莎桥底下站街去了！亏我还把你当朋友，你这时候倒跟我摆起谱儿来了！我算是看透了你们这种人了，就是蹬着鼻子上脸，要钱没钱要地位没地位还特迷恋于站在道德的制高点上俯视别人——颜小莉你装什么大尾巴狼啊你？你配吗你？”

黄蔚妮的话音清脆急促，在颜小莉听来，犹如成串儿的玻璃器皿噼里啪啦地坠落、碎裂。至此，她终于和她感激的、崇拜的、想要变成对方那种人的黄蔚妮翻了脸，恩断义绝。但颜小莉却并不为此痛心，她只是忽然发现了一个事实：在黄蔚妮的眼里，“我们这种人”和“你们这种人”从来都是分得很清楚的，就像北京的昆玉河与她们家那条饱受污染的臭水沟一样，永远不可能合流。那么黄蔚妮当初帮助自己，除了培养一个听话的小跟班之外，或许也是为了通过施舍来满足她那高高在上的优越感吧？

“我不配……但我知道人要为自己的行为负责。”颜小莉犟嘴似的回答。

“那你自己去负责吧，你高尚你伟大行了吧？”黄蔚妮甩下颜小莉，回身就走，走了两步突然又转过头来，“但别以为你的话就是有用的。尹珂东已经保证路上没有摄像头了，所以即使你把事情全都抖出来，我们也不会承认那天追过卡车，更不会承认卡车撞到了人！徐耀斌家开的那个度假村会给我们作证，说我们那天上午去他们那儿烧烤了，动物保护中心的人也是尹珂东的朋友，他们不会告诉警察那车狗的信息是我们提供的——你想一个人跟我们所有人作对吗？先掂量掂量自己的斤两吧。”

敢情人家早就串通过了，而且做好了应付“最坏情况”的打算。另外，虽然黄蔚妮没说，颜小莉这份前台的工作恐怕也干不了几天了吧。到了月底，那个本来就得罪过的上司一定会趾高气昂地来通知她走人。颜小莉听着黄蔚妮的高跟鞋声咯噔咯噔地消失在天台尽头，惨然笑了一声。这可是你们逼我的，蔚妮姐，颜小莉想，你们把所有的路都堵死了，除了执行那个计划，我再也拿不出别的办法来了。

颜小莉又回忆起了女孩儿郁彩彩那张苍白的脸。她希望以此为激励，让自己把事情做得更绝一点儿，更理直气壮一点儿。

9

先看到那段视频的并不是黄蔚妮，而是她手下一个姓齐的销售代表。那人四十多岁，前两年刚在北京买了房，又被房贷压得透不过气来，头顶上的毛发都没剩几根了。人一旦压力过大，就会染上一些令人费解的癖好。老齐不抽烟不喝酒，专爱在网上看一些重口味的、暴力的内容，尤其以虐待动物的为主。什么“大皮鞋踩小白兔”“微波炉烤猫”“活剥水獭”，类似的东西塞满了老齐的网页收藏夹，只要手头没事，就会打开来偷偷看上两眼。

这种人当然遭受了以黄蔚妮为代表的动物保护

主义者的集体排斥，但老齐却也振振有词："那些事儿又不是我干的，我就是批判地看看，这也不行吗？"而这天中午吃完饭，销售部的人都围在新任总监黄蔚妮的身边聊天，只有老齐偷偷溜到办公桌前，打开了电脑，点开了一个链接。嗷嗷乱叫的声音立刻传了出来。

"你再看这些玩意儿的时候别出声行不行？"一个女孩抗议道，"午饭都快吐出来了。"

老齐倚老卖老地哼了一声，不情愿地插上耳机。然而没过一会儿，他嘀咕了一声："怎么看着那么眼熟啊？"

因为戴了耳机，他的声音格外大。便有一个胆子大点儿的女孩儿好奇地凑了过来："你又看什么恶心东西呢？"

她在电脑前扫了一眼，立刻哇地大叫一声，然后转过头来："麦克黄……蔚妮姐，麦克黄！"

黄蔚妮跑到老齐的电脑前，脸色随即变得煞白。

进而，她的两腿开始发抖，一屁股坐在了旁边的转椅上。

屏幕上是一只拉布拉多犬，浑身上下这儿一块儿那儿一块儿的污痕，只有脖子上的那条红项圈还算鲜亮。它的四条腿都被绑得结结实实，嘴上戴着专用的口罩，一只粗壮的、生满老茧的手从镜头外伸了进来，扯起一条狗腿，按在一张木板上，另一只手拿出一根又细又长的钉子，对准狗爪子。

所有人胆战心惊地屏住了呼吸。一个女孩儿说：“别……别！”

当然没人听她的，几秒钟之后，一只锤子抡了下来。钉子穿透了狗爪子，钉进木板。

然后，又是第二根钉子，还是那只爪子。老齐也不知出于什么心态，这时突然拽下了耳机，于是麦克黄的哀鸣充满了整个儿办公室。黄蔚妮半张着嘴，急促地喘息起来。

屏幕上的酷刑仍在继续，开始钉另一只爪子了。

看来那个没有露脸的、手臂粗壮的男人是想把它牢牢地钉在木板上，做成一只会叫会动，只是不会走的活标本。被钉了两根钉子的爪子果然紧贴着木板无法离开，脚趾缝里流出了殷红的血。

随着黄蔚妮一声抽泣，有人赶紧抓过鼠标关了视频。大家看见，这段视频名叫《令人发指！这样对待流浪狗惨无人道！》，仿佛加上一个义正词严的标题，网站就可以放心大胆地用这种内容博取点击率了。

那天下午，黄蔚妮声称身体不舒服，连一个重要会议都没开就请假回家了。隔了一天，她才脸色憔悴地出现在公司，而同事们虽然围过来嘘寒问暖，但都带着一副讳莫如深的表情。尤其是那个老齐，讪讪地躲着黄蔚妮的眼神，但又好像有什么话不得不说。

等到黄蔚妮打开电脑，就瞒也瞒不住了。新的一条虐狗视频登上了她常用的那个邮箱网站的首页，题目是《活拔狗牙，人性何在？》。

这段视频的主角还是麦克黄。它的四只爪子已经被钉死在了木板上，浑身的关节中只剩下脖子可以扭动。仍然是那双粗壮的、长满老茧的手，夹着它的脑袋，硬掰开它的嘴，把一只锈迹斑斑的老虎钳子伸了进去。一扭两扭，伴随着咔吧一声脆响，一颗弯钩状的犬牙便淌着鲜血，活生生地被拔出来了。

麦克黄的眼泪，从它那小姑娘一般纯良的大眼睛里滚了出来，黄蔚妮的咖啡杯随之落在了地上。

接着，她猛地弯下腰，对着废纸篓声势浩大地干呕了两声。当黄蔚妮抬起头来，精致的脸上已经挂满了眼泪以及其他别的什么汁液，她掏出手机，拨了个号码，当着办公室所有人吼叫起来：

“尹珂东吗？你他妈的一定要把那段视频的罪魁祸首找出来，我要把他千刀万剐！你再告诉徐耀斌，这件事儿你们俩谁办成了，我就陪谁睡觉！你们一天到晚死皮赖脸地跟我这儿起腻，为的不就是这个吗？”

然后身体像没了骨头，缓缓地顺着办公椅滑了下去，嘴里已经开始胡言乱语了：“麦克黄，妈妈来救你了……妈妈又自私又没用，所以才会把你丢了落到坏人手里……”

见黄蔚妮简直要有精神失常的迹象，公司的人赶紧冲进她的办公室，掐人中的掐人中，灌凉水的灌凉水，又有人给大楼里的医务室打电话。直折腾了一个上午，连隔壁办公室的外国人也惊动了。本着人道主义精神和狗道主义精神，老板当场给黄蔚妮放了长假，允许她“什么时候解决了自己的问题，什么时候再来上班”。

这相当于刚升了职就自动“靠边站”了。围绕着黄蔚妮的那十几张殷殷关切的面孔底下，谁知道藏着多少庆幸以及蠢蠢欲动的心思。

而正是这一天，公司里还有一个不显眼的小人物提出了辞职，那就是颜小莉。

那两段令黄蔚妮魂飞魄散的虐狗视频当然和她有关，而且还是她和于刚两人亲手拍摄，再上传到一个重口味论坛上的。麦克黄的哀鸣至今还在她的耳边回荡呢。把辞职信递到上司办公桌上时，颜小莉紧张得像被人掐紧了脖子，连气都喘不上来了。她生怕别人看出自己那双死鱼一般的眼睛里流露出的心虚和恐惧。然而没人在意她。颜小莉和黄蔚妮闹僵了的事实，身边的人都看得一清二楚，没有了唯一的靠山，谁都知道她待不长。自己走还算识相的，要是等到被撵走，那就丢人丢大了。

要收拾的东西不多，凌乱地塞进一只帆布书包，就算把位置腾了出来。走出公司坐电梯下楼的一路上，也没人跟她打招呼，甚至没人多看她一眼。颜小莉站在玻璃外墙大厦的门口，远远地看着黄蔚妮被人护送上了一个同事的车，这才走向大街，隐没在公交站牌底下南来北往熙熙攘攘的人群中。

她没回大兴的住处，而是换了两趟车，过了中午才赶到山上的小院儿。进了门，颜小莉把专门在路上买的一包吃食放在地上，和女孩儿的妈妈聊了两句，便进屋来看郁彩彩。郁彩彩仍然下不了地，但前两天刚被于刚背到医院做了复查，腿上的石膏换了层新的。她静静地躺在床上，脸上浮现出与年龄不相称的忧愁神色。

颜小莉捧起床头的课本，本想尽一尽“老师”的义务，女孩却突然问：“麦克黄还好吧？”

“还好……”颜小莉把脸藏在书里，“上次领它走的时候，不是告诉过你，已经找到它的主人了吗？”

“北京那么大，怎么找到的？”

“上网啊。丢了狗的人肯定着急，我们在网上把消息一发布，人家自己就联系过来了。”

“可惜它吃不上我妈烙的葱花饼了。”

“人家那种狗，都是吃进口罐头的。”颜小莉不自然地笑了笑，“放心吧，它的日子过得可滋润了。”

女孩儿果然欣慰地点了点头，突然又问："我的腿会瘸吧？"

"你别听人瞎说。"

"医生说的。检查的时候，我听见他在催我妈，说再不做手术就耽误了。"

"你妈妈说什么？"

"我妈妈什么也没说。"

颜小莉摸了摸孩子的脸："耽误不了。一个小手术，一点儿也不疼。"

小屋门外的天空里，大团流云正被南风催赶着，朝山的另一边涌去。

这天回城的路上，被颜小莉调到最大音量的手机终于响了一声。是于刚发来的短信。出于谨慎，自从开始执行那个"计划"，她就要求对方只用短信跟自己联系了。于刚待的地方人多眼杂，他又是个响亮的破锣嗓子，保不准哪句话就泄露了行踪。

第一条短信的内容：他们找上我了。

颜小莉回信：怎么说的？

随后这条就要详细一些：刚开始威胁要报警，我说那你们就等着给狗收尸吧；然后他们主动提出要把狗赎回去，问怎么联系我，还问要多少钱。

颜小莉回道：把我给你买的那个新手机的号码告诉他们，别在网上聊了。

公交车绕着四环路，开到大兴，才一进门，短信就又响了。仍然是于刚：打电话了。

你没被听出来吧？颜小莉回信问道。

没有，我捏着鼻子说话的。于刚说。

跟你说话的是那个女的吗？

是个男的，大粗嗓子。

果然是尹珂东。颜小莉的心沉了一沉：要是徐耀斌的话，或许更容易对付一点。但事到如今也顾不得许多了，她给于刚发短信：怎么说的？

没怎么说，就是谈价钱。我按照你交代的，要三万。他说贵，我说那就算了，我们杀狗。他说要再商量商量。

让他们商量去，颜小莉回道，他们肯定会答应。

发完这条短信，颜小莉出门买了份快餐，细嚼慢咽地吃了，等到室友把卫生间空出来，又进去仔细洗了个澡。一切忙活完，已经晚上九点多了。平常的这个点儿，她大都会歪在床上看看杂志，或者到客厅和大家一起追两期综艺节目。但今天，这些娱乐都无心进行了，她打开自己那台嗡嗡乱响的老款笔记本电脑，点开了最近一条虐狗的视频。

视频底下，已经跟了上千条留言，网民们的言辞何止是谴责，简直把做那种事的人的祖宗八代都骂遍了。还有人信誓旦旦地宣布，如果虐狗者被他们抓住，就要以其人之道还治其人之身，也施以钉手、拔牙等酷刑。进而又有人分析，这起虐狗事件的实施者一定是比前些日子虐猫、虐兔子的那几个女人更加心理阴暗而变态，因为他们甚至不敢在网上露出真面目，这说明其目的不是为了宣泄情绪，而是折磨公众的神经。

这就有点儿过度阐释了，颜小莉针对的并不是什么虚无缥缈的“公众”，仅仅是黄蔚妮一个人而已。至于不露面，也是因为根本没那个必要——黄蔚妮或者尹珂东只要在网上查找出最先发布那两段视频的论坛以及登录账号，就可以和守候在城市中某个网吧里的于刚取得联系。随后的事态进展，果然和她所料想的一样，威胁、谈判、互相试探，并将最终以颜小莉这一方一口咬定决不让步的那个价码成交。

手机上的时钟跳到了十一点，于刚又发来了短信：他们答应了，说明天就要见面，一手交钱，一手交狗。

颜小莉回他：让他们中午十二点到亮马桥东北角那幢写字楼的停车场地下三楼。

那地方离于刚所在的位置不远。黄蔚妮大概绞尽脑汁也猜想不到，麦克黄就关在她公司斜对面那幢老旧住宅楼的地下室里。而颜小莉之所以这样安排，是为了避免于刚带着狗上街赶路，碰巧被看过那段视频的人认出来。

二十分钟后，于刚发来了最后一条短信：你确定要这么干？

颜小莉回他：开弓没有回头箭。

然后她和衣躺在床上，枕戈待旦。那个计划虽然早在脑海中有过一闪念，但真走到这一步，还是让颜小莉有了不可思议的感觉。她甚至觉得生活是神奇的、疯狂的——短短的几天之中，她经历了“速度与激情”式的飙车，拒绝了一个让人眼馋的职位，眼下又摇身一变成为了一个变态虐狗狂，一个勒索犯了——而且还是那种“有组织、有预谋”的犯罪分子。

这还得感谢麦克黄。如果不是它在恰好的时间出现在了恰好的地方，颜小莉实在不知道事情该怎么了局。假装什么都没发生过吗？她明白自己做不到。如果郁彩彩的腿就此残了，也许颜小莉一辈子剩下的时间都要伴随着噩梦度过。她还年轻，不想也不敢背负与一个孩子一生相关的心理包袱。那么豁出去了，向警察自首并举报那天救狗行动的所有参与者呢？假如那些人真像黄蔚妮所说的那样集体串供、矢口否认，那么在拖延和扯皮的过程中，背负责任的只剩下了于刚这个身无分文的傻小子。把一个走投无路的人再往绝境里推一把，这种事儿颜小莉也做不出来。

但现在，颜小莉找到了一条在夹缝中突围的小径。虽然事情的面目变得邪恶而惨烈，并且闹到了满城风雨的地步，但她也只能走一步算一步。

那夜因为失眠，睡得很晚，第二天一睁眼，已经九点多钟了。颜小莉爬起来，草草吃了几口面包，在十一点之前到达了公司大楼。她进门之后拐进了安全出口，沿着逼仄、潮湿的楼梯连下三层，来到了那片处于大厦最底层的停车场。因为消防设施不达标，这里自打建成以来就没有投入过使用，而接近正午时分，头顶的两层也不会有什么人停车或者开车出去，地点和时间都有利于悄无声息地完成她的计划。

颜小莉到了一会儿，于刚才背着一只塑料绳编织而成的大号麻袋出现了。他得趁着大厦保安们去吃饭时绕过门岗，把麦克黄搬运进来。麻袋鼓胀胀的，不时耸动一下，可见是活物儿，但因为把嘴捆住了，叫不出声响来。麦克黄，你受委屈了。颜小莉无声地拍了拍它。

于刚从怀里掏出两只滑雪帽，分给颜小莉一只。两人戴上，看着对方蒙住了整张脸只露出两只眼睛的模样，扑哧笑了。

“怎么跟电影里的银行劫匪似的……”

“也像绑架分子。”颜小莉说，“干什么事儿就得有什么样。”

然后，两个有模有样的反面角色一起抬起麻袋，将它搬到停车场把角的一根水泥柱子后面。从那里，可以大致看清整个儿停车场的概貌，同时不容易被别处的人发现。然后他们背靠着柱子坐下来，谁也不再说话。

长得像一个星期似的一个小时慢慢流逝。还差几分钟就要到十二点的时候，脚步声在停车场里回荡起来。颜小莉侧头窥探一眼，看见一个高而胖的男人走在空空荡荡的水泥地上，一边走，一边掏出打火机点了支烟。火光照亮了尹珂东白白嫩嫩的脸，他的手上还拿着一只超市的塑料购物袋。

颜小莉捅捅于刚，后者从滑雪帽下发出深重的喘气声，霍地站了起来，从水泥柱后面绕了出去。

两个男人在阴暗的光线里逐渐接近，相隔不到两米时几乎一齐站住，相视而立。许多警匪片的结尾都是在这样俗套的环境俗套的氛围中上演的，但正因为是俗套，紧张的情绪才在各自的心中得到了加倍的渲染。尹珂东与于刚像头一次见面一样互相打量着，刺探着对方的眼神。

过了半晌，尹珂东才开口了：“帽子这么厚，热不热啊？下次换丝袜吧。”

为了不暴露声音，于刚必须掐出一副假嗓子，这使他无法像对方一样通过废话来缓解情绪、增强气势：“钱呢？”

尹珂东扬了扬手里的塑料袋：“狗呢？”

“先看钱。”

尹珂东嗤笑一声，敞开袋口，露出方方正正的几叠百元大钞，复又紧紧攥住：“把狗带过来吧。狗要是死了，你们一分钱也拿不到。”

于刚没再说话，转身走回水泥柱子后面。他朝颜小莉点了点头，单手拎起犹在无声耸动的麻袋，肩膀向右倾斜，颇为吃力地走回尹珂东所在的方位。

终于走到最后一步了。只要交接完成，即可万事大吉。

停车场里忽然响彻一声哀鸣，是狗叫，凄凉而悲惨。难道口罩绑得不够紧，被麦克黄挣脱了吗？

随即，一个女人尖厉的声音传了出来：“麦克黄！”

伴随着一人一狗的两声惨叫，颜小莉听到了更加浩大的声音：奔跑声、咒骂声、棍棒与地面的摩擦声……几条黑影从停车场的楼梯间中蜂拥而出。领头的是徐耀斌，他挥舞着孱弱的瘦胳膊，在两名剃板寸吊金链子的壮硕男人的簇拥下勇猛无比，两眼放光地朝于刚扑过来。

颜小莉从水泥柱子后面跳出来，大喊：“快跑！快跑！”

为时已晚。对方人多，又早早堵死了唯一通向地面的出口，跑是跑不掉的。先引蛇出洞再一网打尽，这样的战术也是尹珂东与徐耀斌他们早就有所计划的吧？颜小莉不得不绝望地承认，自始至终，她都身处在一个实力不对等的游戏之中。虽然她自以为戳到了对方的痛点，但不论是在财力、智力、人力，还是意志力方面，她和于刚“这种人”都处于绝对的下风。

场面混乱但又毫无悬念，于刚慌里慌张地东逃西窜了几个来回，轻易地被按倒在地。紧接着就是一顿气势汹汹的、充满了正义性的群殴。徐耀斌等人把他的脑袋牢牢地按在水泥地上，胳膊反剪到背后，令其动弹不得，同时用拳头捣他的肋骨，用皮鞋踢他的大腿，还用木棍对他施以杖刑。一边打，一边像喊劳动号子一样宣誓：

“虐待动物，天理不容！”

“没有人性，不配做人！”

“打死偷狗贼，打死勒索犯！”

“狗狗是人类的好朋友，是人类的亲人！”

颜小莉闭上眼，不忍再看像沙袋一样闷声不响的于刚。然后，她只觉得肩头一紧，两脚悬空，就那么蜷缩着，被人像捉小鸡一样从角落里拎了出来。

再睁开眼时，四周都是人腿。她歪在地上，看着一双纤细的、踩着高跟鞋的女人的脚从远处缓缓而来，步履轻盈，姿态优雅。不管是女侠、女王还是女神，都要选择最恰当的时刻登场，从而保证她的光芒童叟无欺地照耀每一个人。

人们给黄蔚妮让开了路，她低着头，面无表情地盯着头戴滑雪帽的颜小莉。一侧的于刚又挨了两脚，终于吭吭叽叽地哭出声来。

“这时候装起可怜来了，你想过被你们虐待的狗有多可怜吗？”徐耀斌作势又要抬腿。

“别打了。”黄蔚妮说。

“我就是气不过……麦克黄都被他们折磨成什么样了。”

“打人也解决不了问题。”黄蔚妮似乎有点烦躁地呵斥道。她的冷静让其他的人叹服：以暴制暴，这不就把我们这些爱狗人士的档次降低到和虐狗的人一样了吗？这就是情怀，这就是素养，这就是境界。

“那这事儿怎么办？把他们送公安局？”徐耀斌问。

一直在旁边深沉地冷笑的尹珂东突然开了口："公安局当然是要送的。不过我想，在报警之前，我们还有一件事要做，就是用手机把这两个人的真面目拍下来，也上传到网上去。我们得让网民都知道，麦克黄被我们营救出来了，而且残害它的罪魁祸首也被绳之以法了……"

他的提议立刻得到了赞同，有几个人已经掏出了手机："对于这种人，就应该把他们曝光，让他们遗臭万年。"

于刚挣扎着扯住脸上的滑雪帽，哭得更响亮了。颜小莉却呆滞地昂着头，长久地与黄蔚妮对视着。她突然从黄蔚妮的眼里发现了某种极其复杂的、一言难尽的况味：愤怒、嘲讽、迷惑、伤感、心如死灰……

一只手抓住了她头上的滑雪帽，唰啦一声，真相大白。参加过第一次营救麦克黄的人全都愣住了。

黄蔚妮却丝毫没有惊讶的神色，她慢慢地蹲下来，一寸一寸地贴近颜小莉的脸，直到两人都可以清晰地看到对方眼珠中自己的投影，然后才说："我早就知道是你。"

颜小莉咬了咬牙，沉默不语。

黄蔚妮继续说："你辞职的时候我就猜到了。在公司楼下，你根本不敢看我的眼睛。也只有你才会挑选这样一个地方来让我们交钱。"

颜小莉仍不说话。

黄蔚妮的声音却突然嘶哑了，眼角几乎开裂，像要迸出血来。她一把攥住颜小莉的衣领，猛烈地摇晃着她叫道："你为什么要这么干？你只要直接告诉我麦克黄在你手上不就行了吗？不就是想要钱吗？我会给你的，要多少给多少！你干吗要虐待它？想通过这种事儿来折磨我吗？那我告诉你，颜小莉，你的目的达到了，现在你满意了吧！但麦克黄有什么错？它招谁惹谁了？它比你比我比所有的人都要善良得多，你不也标榜过善良标榜过爱心吗？现在瞧瞧你干的事儿，简直不是人，是魔鬼！”

黄蔚妮的表现把所有人都惊呆了，他们看着这个突然之间情绪失控不能自已的女人，居然比看到那两段虐狗录像的时候还要心惊胆战，手足无措。他们也不知道应该上来安慰她，还是和她一起同仇敌忾地指责颜小莉。然而颜小莉的表情却越来越平静，越来越安宁，嘴角甚至滑出一抹近似于笑的表情来。

“她他妈的还挺得意……”不知是尹珂东还是徐耀斌嘟囔了一句，因为声音太低，连粗嗓子和细嗓子都难以辨别了。

颜小莉握住了攥在她领口上的黄蔚妮的手，轻轻一拉，那双手就松开了。她慢慢地站了起来，动作优雅，仪态端庄，像极了当初毫无预料地走到她身边的黄蔚妮。颜小莉想，黄蔚妮说得没错，如果只是想要钱，那么只要发两幅麦克黄的普通照片给她就能实现，那两段骇人听闻的虐狗视频的确是多此一举。她为什么要那么做呢？黄蔚妮感到无法理喻，但在颜小莉这里却不难理解，那就是：她突然涌起了强烈的惩罚欲望。她想要惩罚黄蔚妮，她认为自己有资格惩罚黄蔚妮，她感到通过惩罚黄蔚妮，就能够对女孩儿郁彩彩做出钱以外的、某种道德意义上的补偿。

但她的预想实现了吗？现在的颜小莉却感到了茫然。或者说，她有什么权力决定该惩罚谁，该怎么惩罚？

好在事情已经接近收场了。

颜小莉走近刚才被于刚丢下的那只麻袋，蹲下来，有条不紊地解开了扎口的绳索。麻袋里的耸动更激烈了，像蛋里的新生命正要破壳而出，并伴随着一声比一声响亮的哀鸣。然后，绳索与麻袋一齐褪去，麦克黄露了出来。它陡然看见了光，仿佛有点不能适应，然后紧张地打量着围拢过来盯着它审视的那些认识的不认识的人。

最后，它看到了黄蔚妮，欢呼一声扑了上去，一头扎进她的怀里，摇头晃脑地嗅着她身上久别重逢的香味。

不仅是黄蔚妮，在场的所有人都看到，麦克黄毫发无损，全须全尾。

10

颜小莉沿着山路往下走。刚下过了一场小雨，但脚下的土路并不泥泞，身边的树木却被冲刷得格外嫩绿，有些矮树的枝头还开出了一团一团无名的花。到这山上来了几次，颜小莉才第一次有心情看景色。

刚过去的那件事还在她心头回荡。她想起上午去看望郁彩彩的时候，女孩儿还专门问起了麦克黄：“它现在好吗？”

“很好，好得不能再好。”颜小莉说。

“它回家以后会想我吗？”

“当然会。你也是它的朋友嘛。”

“但我们也只能把它送回去，对不对？”郁彩彩似乎有点儿忧郁，又问，“它的主人见到它，是不是很高兴？”

“感动得都快哭了……人家还说谢谢你。”

郁彩彩欣慰地笑了。而此时的颜小莉想起黄蔚妮，竟不知是一种什么样的感触了。就像黄蔚妮在地下三层停车场看着颜小莉时，同样百感交集。

视频里那条狗当然是麦克黄，只不过它的爪子是被用双面胶黏在了木板上，钉子是从趾头缝之间钉进去的；从狗嘴里拔出来的当然也不是狗牙，而是颜小莉拆了自己的一串动物牙齿造型的塑料项链。这两个伎俩结合拍摄角度的变化，再搭配用番茄酱调成的鲜血，在电脑屏幕里就足以乱真了。而麦克黄的哀鸣也很配合——哪只狗被人摆弄来摆弄去，都会呜呜大叫。

其他人仍要把颜小莉他们扭送到公安局去。虐狗是假，勒索是真，一样罪责难逃。

颜小莉垂头看着脚下，一副听凭发落的样子。

但她却听见黄蔚妮低沉地说：“算了。”

“干吗算了？对这种吃里爬外的人就不能同情！”尹珂东插嘴，“再说我们好不容易才……”

黄蔚妮像没听见他的聒噪，继续对颜小莉说：“你走吧，以后咱们谁也不认识谁。”

于刚已经捂着肚子爬起来，趁机拽了颜小莉一把。旁边的人仿佛被黄蔚妮这反常的神色举止慑住了，也痴痴愣愣地让出一条路来。

颜小莉和于刚往外没走多远，背后的黄蔚妮忽然又说了一句：“这个拿着。”

颜小莉回头，一只塑料袋抛了过来，里面装的是那三万块钱。

这些钱，她在看望郁彩彩的时候，偷偷塞在女孩儿床头的小书桌抽屉里了。

走到那天出事的拐弯处，于刚在那里等她。两人也没再唏嘘，径直往山下走去。一会儿到了国道旁，颜小莉才问："你去哪儿？"

"回内蒙古。亲戚又帮我在锡林郭勒找了个工作，说是当司机，还能送我去考驾照。"于刚说，"你呢？"

"还在北京。明天有个招聘会。"

两人互相点了点头，就此各奔东西。颜小莉横穿过国道，很快就拦到一辆出租车，上车后一回头，马路对面的于刚也不见了。车子轻快地行驶了几分钟，道路便拥堵了起来，再往前蹭一段，便发现是一辆卡车占据了内侧车道，开得又慢，挡住了后车。出租司机嘟囔了一句"怎么碰上这么一面瓜"，然后也像别人那样小心翼翼地并线，从卡车的一侧超过去。

颜小莉清楚地看到，那辆卡车的车斗也被改造成了铁笼，笼子里面装的都是狗。那是一些毫无品种可言的菜狗，一个个蔫头耷脑的，却也不声不响，仿佛对即将到来的命运毫无怨色。这种狗就算被送到狗肉馆里去，八成也不会有人来救它们吧。

颜小莉凝神与其中一只黄白相间的狗遥相对望，竟感到那狗有些许言语想对她说。

请记下你与日子的美好相遇

请记下你与日子的美好相遇

请记下你与日子的美好相遇

请记下你与日子的美好相遇

请记下你与日子的美好相遇

请记下你与日子的美好相遇

请记下你与日子的美好相遇

请记下你与日子的美好相遇

请记下你与日子的美好相遇

请记下你与日子的美好相遇

请记下你与日子的美好相遇

请记下你与日子的美好相遇

请记下你与日子的美好相遇

请记下你与日子的美好相遇

请记下你与日子的美好相遇

请记下你与日子的美好相遇